Candela y el misterio de la puerta entreabierta

Editorial Bambú es un sello
de Editorial Casals, SA

© 2015, Reyes Martínez, por el texto
© 2015, Mercè López, por todas las ilustraciones
© 2015, Editorial Casals, SA, por esta edición
Casp, 79 – 08013 Barcelona
Tel.: 902 107 007
editorialbambu.com
bambulector.com

Diseño de la colección: Estudi Miquel Puig

Primera edición: septiembre de 2015
ISBN: 978-84-8343-394-2
Depósito legal: B-18231-2015
Printed in Spain
Impreso en Anzos, SL
Fuenlabrada (Madrid)

Candela
y el misterio de la
puerta entreabierta

Reyes Martínez

Ilustraciones de
Mercè López

bam bú

EDITORIAL

1. Una voz en el viento

Candela estaba mirando por la ventana. Todos los días la misma historia. Estaba harta de números, mapas, ríos y tablas de multiplicar... La lección de hoy era especialmente aburrida, al igual que su profesora de lengua.

—A ver, ¿alguien me sabe decir qué significan las palabras *sabia* y *savia*? ¿O es que he escrito mal en la pizarra alguna de las dos?

El desconcierto era general. Solo levantó la mano Sergio, el «empollón» de la clase. Siempre era él quien sabía todas las respuestas. Parecía que en lugar de en una cama, durmiese encima de una enciclopedia.

—Profe... ¡Yo lo sé!

—No me cabe la menor duda, Sergio, pero quiero saber si hay alguien más en esta clase que merezca aprobar mi asignatura. A ver... Carlos... ¿Puedes contestar?

—Es que... bueno, yo sé que están bien escritas las dos, pero no sé qué significa cada una –contestó Carlos mientras la cara se le ponía de lo más colorada.

El pobre Carlos era el niño más tímido de la clase. Hasta que habían llegado a 4º de primaria sus profesores no habían conseguido que contestara a ninguna pregunta que se le hiciera delante de sus compañeros. Pero su tutor de 3º, Higinio, se dio cuenta de lo que pasaba y le preguntaba la lección durante las tutorías, comprobando que era uno de los mejores alumnos de la clase. Ese verano sus padres habían decidido llevarlo a un psicólogo, que se ocupó de que Carlos hiciera ejercicios que, al menos, atenuaran un poco su timidez. Parecía que iban surtiendo efecto. Al menos ahora contestaba, aunque su cara seguía poniéndose como una fresa cuando hablaba.

—Yo sé que *sabia*, con *b*, significa una mujer que sabe mucho de casi todo –contestó Álex de repente–, pero no tengo ni idea de lo que significa *savia* con *v*.

–Ya veo, me parece que hay que estudiar un poquito más –dijo la profesora algo enfadada–. Candela, ¿te han contado las nubes lo que significa *savia*? ... ¿Candela?

Un codazo sacó a Candela de su ensoñamiento. Llevaba bastante rato mirando por la ventana ensimismada, sin hacer caso a la lección de lengua. Al mirar a su profesora, la cara se le empezó a poner roja, el corazón dobló sus latidos e intentó tragar saliva, pero su garganta parecía no funcionar.

–En fin, Candela, estamos esperando... todos –dijo desafiante la profesora.

Candela miró a su alrededor buscando ayuda, pero la mayor parte de la clase estaba harta de que se pasara el día soñando. Sus amigos Josemi, Gabi, Nati y Álex estaban demasiado alejados para soplarle la respuesta... si la hubieran sabido, claro.

De pronto, cuando parecía todo perdido, un pequeño soplo de brisa entró por la ventana. Fue muy leve, solo capaz de mover un poco el flequillo de Candela. Pero ella notó una especie de susurro en el oído izquierdo.

–Pues... la *savia* es un líquido que rezuma de la corteza de los árboles. Contiene básicamente agua, azúcares y minerales –contestó con seguridad una más que alucinada Candela.

–Eh... sí... claro, Candela. Pensé que no estabas atenta. La próxima vez, si no te importa, mira hacia mí cuando os esté explicando algo, ¿de acuerdo?

–Sí, señorita Carmen –susurró bajando la cabeza.

Después, se giró a su compañero de pupitre, Juan Luis y musitó un «gracias» casi inaudible. Juan Luis, por su parte, la miró con su eterna cara de asco y le dijo:

–No sé por qué me das las gracias.

–Pues por soplarme la respuesta, claro –le dijo un poco sorprendida mientras le miraba a Juan Luis la raya que llevaba en el medio de la cabeza. Parecía hecha con una regla midiendo los dos lados de la cabeza para que quedaran iguales–. ¿Por qué iba a ser si no?

–Yo no te he soplado nada. No sabía lo que significa esa palabra, me acabo de enterar –replicó algo ofendido Juan Luis–. Además, si la hubiera sabido, jamás te la habría soplado, no me caes nada bien.

–Sé perfectamente cómo te caigo. Lo mismo te digo.

Si no había sido el desagradable de Juan Luis, ¿quién se lo había susurrado? Porque desde luego ella no tenía ni idea siquiera de lo que estaba preguntando su profesora y la respuesta le sonaba a chino. Alguien se lo había dicho. ¿Sergio, quizá? Estaba en la mesa de delante. Su enorme culo sobresalía por los dos lados de la silla. No, imposible, Sergio jamás daba una oportunidad a alguien de quedar por delante de él. El resto parecía no estar mirándola. Bueno, ya se enteraría. Su mejor amigo, Gabi, la miraba con mucha atención desde el otro lado del aula. Esperaba que luego le explicase cuándo se había aprendido el significado de esa palabra.

A la hora de comer, los cinco amigos se esperaron fuera de la clase para volver juntos a casa. Todos vivían cerca y siempre hacían lo mismo. La primera en llegar a casa era Nati. Quedó con Candela para ir por la tarde a clase de música. Nati tenía una voz... La voz más dulce que Candela había oído en toda su vida. No había nada que Nati no pudiera cantar. A Candela le daba una envidia tremenda. Ella no es que cantara mal, pero no había ni punto de comparación. Candela estaba aprendiendo a tocar la guitarra; Nati, el violín. Por ahora solo conseguían sacar alguna que otra nota, pero iban mejorando, aunque su profesor de música no estaba muy de acuerdo.

–Hasta luego, Natividad –le dijo su amigo Josemi con retintín.

–¡Ya estamos! –replicó muy enfadada Nati–. Te he dicho mil veces que no me llames así. No me gusta nada y lo sabes.

–Nati, parece mentira que no lo conozcas ya –le dijo Gabi–. El día que deje de importarte que te llame Natividad, dejará de hacerlo.

–Ya lo sé, pero no puedo evitarlo. Me pone de los nervios.

–Bueno, luego nos vemos, Nati –se despidió Candela.

El siguiente en despedirse fue Josemi, que vivía un par de calles más lejos. Después tenían que dar un pequeño rodeo para dejar a Álex. Era un soñador. Siempre iba leyendo. Le daba igual lo que fuera. Si se podía leer, Álex lo leía. Cuando llegaron a la puerta de su casa, Álex paró, al igual que Candela y Gabi, pero ni siquiera los miró para despedirse de ellos. Les hizo un gesto con la cabeza sin levantar la nariz del libro y subió los seis peldaños que lo separaban del portal de su casa. Parecía tener un radar para no tropezar con nada y se sabía el camino de memoria. ¡Increíble!

Después llegaron a la casa de Gabi. Se quedaron un ratito charlando en la entrada. La madre de Candela llegaba de trabajar un poco más tarde y ella siempre hacía tiempo para llegar cuando su madre ya estuviera en casa. No le gustaba mucho estar sola.

—Candela, ¿sabías la respuesta de la profe? —le preguntó intrigado Gabi.

—¡Qué va! Alguien me la dijo.

—¿Que alguien te la dijo? ¡¿Quién?! —exclamó Gabi con cara de extrañeza.

Mentalmente recorrió a todos los que se sentaban cerca de ella en la clase y no encontró a nadie que pudiera soplarle la respuesta.

—Imposible —concluyó Gabi—. Seguro que ya la sabías y, de repente, te has acordado.

—Bueno, si tú lo dices, seguro que tienes razón —concluyó Candela, sabiendo que no era cierto.

Lo que había pasado ese día durante la clase de lengua era inexplicable. Ella había oído la respuesta, estaba segura. Pero mejor sería no darle más importancia. Se despidió de su amigo y se fue hacia su casa.

Solo una calle separaba la casa de Gabi de la de Candela. En esa calle había varias casas viejas. Era una de las zonas más antiguas de la ciudad. Varios almendros se alineaban en las aceras. Sus hojas formaban al caer alfombras blancas alrededor de ellos. Los pájaros cantaban a la primavera recién comenzada. Algunas de esas casas estaban rehabilitadas, otras habían sido sustituidas por casas nuevas. De unas pocas solo quedaba alguna pared más resistente que las demás. Pero tras una verja de hierro, semioculta por una barrera de hiedra, se hallaba la casa más vieja de la ciudad. Permanecía en pie como por arte de magia. Sus ventanas y sus puertas estaban firmemente cerradas. Las telarañas y el polvo formaban parte de su fachada.

A Candela le fascinaba mirar hacia aquel lugar. Se sabía de memoria cada detalle. Cuántas ventanas había, los cristales que estaban rotos, las tejas que faltaban en el tejado, cada árbol y arbusto del jardín... No se acercaba, siempre la miraba desde la verja. Formaba parte de la vuelta a casa de cada día.

Aquella tarde un detalle captó su atención, pero no era capaz de saber qué era lo que no encajaba. Miró la casa de arriba abajo y de lado a lado, pero no encontró nada. Tras varios minutos, decidió rendirse y marcharse a casa. Pero justo cuando comenzó a andar, se dio cuenta de lo que era. La puerta de cristal del balcón en la primera planta estaba entreabierta. Era la primera vez que veía una variación así en esa casa. Pero una cosa había segura, la tarde anterior esa puerta estaba cerrada. Por un momento pensó en entrar. Ya casi lo había decidido cuando oyó una voz a su espalda:

–¡Candela! ¿Qué haces aquí?

Al volverse descubrió a su madre con cara de preocupación. Entonces se dio cuenta de que hacía ya un buen rato que tendría que haber estado en su casa. Seguramente, al ver que no llegaba, su madre se habría preocupado.

–Lo siento, mamá, no sabía que era tan tarde. Me he entretenido hablando con Gabi y luego, al llegar aquí, he visto que esa puerta está abierta y me ha parecido muy raro.

Su madre miró hacia donde Candela señalaba. La niña pudo ver cómo ponía cara de miedo y se subía el cuello de la camisa como si de repente tuviera mucho frío.

–No quiero que entres en esa casa, hija, ¿de acuerdo?

–Pero mamá, es que es un poco raro que esa puerta esté así. Nunca ha estado abierta y ahí no vive nadie desde hace un montón de años…

–¡No, Candela! –cortó tajante su madre–. ¿Me oyes? No quiero que entres en esa casa jamás. Dicen que está embrujada.

–¡Qué tontería! –contestó Candela con cara de escepticismo–. La gente es un poco chismosa. Como la casa está ahí desde siempre y encima está deshabitada, se inventan que está embrujada, claro.

–Sea como sea, no quiero que entres nunca aquí. ¿Prometido?

–Vale, vale –contestó Candela con tal de que su madre se tranquilizara un poco.

Mientras se alejaban de la casa, Candela oyó un susurro que le decía: «Vuelve pronto.»

Se sacudió un poco la cabeza como si se le hubiera taponado un poco el oído y se fue con su madre intentando no pensar en lo que había oído, ni en la puerta entreabierta del balcón del primer piso.

Por la tarde, la madre de Nati las llevó a la clase de música, donde Candela, sin mucho éxito, intentó aprenderse unos acordes sencillos en los que el profesor había depositado sus esperanzas. Pero fue en vano. Además de sus pocas dotes musicales, había que añadir su falta de concentración. En su mente solo veía puertas entreabiertas y podía sentir como el viento le susurraba toda clase de cosas. Su viva imaginación había sido liberada y volaba a su antojo. Cuando volvían a casa, pasaron por la casa de la enredadera (que así había decidido llamarla Candela) y, con asombro, comprobó que la puerta estaba cerrada de nuevo. ¿Se lo habría imaginado? No, no podía ser. Su madre también lo había visto, ¿no? En cuanto llegó a casa se dispuso a comprobarlo.

–¡Mamá! ¡Mamá! –exclamó algo nerviosa Candela–. ¿Dónde te has metido? ¡Mamá!

–Candela, deja de gritar – dijo su padre mientras salía de la cocina–. Mamá ha ido a por algo de cenar, porque creo que se le ha ido un poco la mano con el pollo asado. A no ser que a ti te gusten los pollos bien morenitos, claro. Je, je.

–Madre mía. Está carbonizado. ¿Qué es lo que le ha fallado ahora? ¿El horno? ¿El reloj de cocina? Porque por supuesto que no habrá sido despiste suyo, ¿no? –preguntaba divertida Candela mientras le guiñaba un ojo a su padre.

Los dos estallaron en una sonora carcajada. Cuando llegó la madre a casa se encontró a padre e hija riéndose sin parar en la cocina. Con una mezcla de alivio y disgusto comprobó cómo ni a su marido ni a su hija les había molestado lo más mínimo lo del pollo, pero eso sí, se estaban riendo a su costa.

–Vaya, ya veo que os resulta muy divertido que no me haya funcionado bien el reloj de la cocina (en ese momento Candela se anotó mentalmente un tanto). A ver si os seguís riendo cuando no os haga nada de cenar –dijo simulando estar muy enfadada.

–Mamá –comenzó a preguntar Candela–, ¿te acuerdas de cuando me has encontrado esta tarde al lado de la casa de la enredadera?

—Claro, pero ya te he dicho que no quiero que te acerques allí para nada.

—Sí, pero ¿recuerdas que había una puerta entreabierta en la primera planta? Es que cuando nos traía la madre de Nati de la clase de música, estaba otra vez cerrada.

—Bueno, será que ha estado cerrada todo el tiempo. Seguro que nos pillaba el sol de cara y nos ha parecido otra cosa —contestó su madre al tiempo que salía de la cocina dando por zanjada la conversación.

Candela siguió pensando en lo que podía pasar. También era posible que alguien hubiera comprado esa casa y la estuviera adecentando un poco para ir a vivir. Comenzó a imaginarse que vendría al barrio una familia a habitar la casa. ¿Cómo serían? Seguramente, un tanto raros. No podía ser gente normal en una casa así. Sería un matrimonio extraño con dos hijos siniestros y un perro. ¡Sí! Un perro muy fiero. También podría ser que la casa la hubiera comprado un hombre mayor muy rico y que la decoraría con tapices y vidrieras antiguas. O también podría ser que la casa fuera a convertirse en un museo, y en ese caso sería alguien del ayuntamiento quien estaba dentro por la mañana, estudiando cómo se podían hacer las exposiciones.

Sea como fuere, en la mente de Candela iba tomando forma una idea, y cuando eso pasaba, nadie lo podía impedir. Al día siguiente iba a entrar.

2. ¡Atrévete, Candela!

Esa noche, Candela había soñado sin parar con lo mismo: la casa de la enredadera. Si antes de acostarse había decidido que entraría, tras haber soñado sin parar con ello se había convertido en una obsesión. Entraría al volver del colegio. No se lo diría a nadie. Se vistió a toda prisa. Se había puesto una falda de cuadros que le encantaba, pero al pensar que la casa estaría llena de polvo, decidió cambiársela por unos cómodos vaqueros. Desayunó pensativa mientras se enroscaba mechones del largo pelo negro en los dedos. Siempre hacía eso cuando soñaba despierta y, esa vez, estaba totalmente metida en su mundo.

–¡Candela! ¿Pero dónde estás? –le dijo su madre algo enfadada.

–¿Qué? –preguntó inocentemente Candela.

–Llevo un rato intentando hablar contigo, pero estabas tan concentrada que no te enterabas –le explicó su madre–. Tienes que dejar de soñar despierta. Tus profesores se quejan, tus notas podrían ser mejores...

–Ya, mamá, lo siento. Es que estaba intentando acordarme de algo que soñé anoche, pero no sé qué era –intentó excusarse.

–Bueno, solo quería decirte que al venir del colegio compres el pan. Hoy me retrasaré un poco más. Así que coge algo de dinero y no te olvides las llaves.

–Vale, mamá, no te preocupes –respondió Candela con tono de niña buena.

Por dentro se alegró muchísimo. Su madre hoy iba a llegar más tarde. ¡Genial! Eso le daba un poco más de margen para entrar en la casa de la enredadera.

Durante las clases estuvo más perdida que nunca. No se enteró de nada. Al profesor de inglés ni siquiera llegó a mirarlo. Es más, ni siquiera se enteró de haber dado la clase de inglés. Su amigo Gabi comenzaba a inquietarse. Era cierto que Candela parecía permanentemente distraída, pero esto era el colmo. Durante el recreo, Gabi le había enseñado unos dibujos que había hecho el día anterior. Iba a ser un gran dibujante. Todos se lo decían. Pero ese día Candela, que era su principal admiradora, ni siquiera los miró. Gabi estaba tan decepcionado que decidió no hablarle durante un tiempo. Pero incluso él sabía que la perdonaría enseguida. No era capaz de estar enfadado con ella. Así que Gabi se pasó la mano por el alborotado pelo lleno de rizos negros que nadie era capaz de peinar y se prometió a sí mismo que al volver a casa le diría cuatro cosas a su amiga. Tenía que enterarse de lo que la tenía tan distraída.

Mientras tanto, Candela ultimaba mentalmente la manera de entrar y salir sin que nadie se diera cuenta y lo que haría una vez dentro. ¿Y si alguien la pillaba? ¡Qué emocionante! Por dos veces estuvo a punto de contarle sus planes a Gabi, pero decidió que mejor sería no meterle en esto. Con que la castigaran a ella sola sería suficiente.

Al volver a casa, dejaron a Nati, que se quedó mirando a Candela extrañada. Nunca la había visto así. Tampoco le había dicho nada del pasador de pelo que llevaba hoy. Era rarísimo. Candela siempre se daba cuenta de todos los detalles.

Después Josemi, que por un día no había llamado Natividad a Nati, solo miraba con curiosidad a Candela, que caminaba sin rumbo metida en su burbuja.

–¡Hasta mañana, Candelaria! –gritó Josemi en un intento de fastidiar a su amiga, pero ella únicamente levantó un poco la mano a modo de despedida y siguió andando. «Oh, oh, aquí pasa algo muy, muy raro», pensó Josemi decepcionado.

Incluso el despistado del grupo, Álex, se dio cuenta de la actitud de Candela. Para él era increíble que alguien fuera capaz de ir más concentrado en algo que él mismo en la lectura. Así que aquel día levantó la cabeza del libro, se subió un poco con el dedo índice las gafas de montura azul metalizada y dijo:

–Hasta mañana chicos... Candela, ¿te pasa algo?

Pero Candela seguía andando como si nada. Álex miró a Gabi, encogió un poco los hombros en un gesto de disculpa y, arqueando las cejas, se fue hacia su casa. Tropezó con uno de los escalones de la entrada y a punto estuvo de dar con las narices en el suelo. Gabi no pudo evitar una sonrisa. ¡Vaya! Sí que era curioso. Cuando Álex subía esos escalones sin mirar, jamás tropezaba y, para una vez que mira... Pero enseguida se puso en marcha para alcanzar a Candela, que estaba a punto de volver la esquina.

Al llegar a casa de Gabi, él se dispuso a su charla diaria con Candela, como siempre, pero ella tenía otra cosa en mente, así que le dijo «adiós» rápidamente y se fue. Gabi ni siquiera pudo reaccionar. Se quedó tan perplejo que ni siquiera contestó a su amiga. Se dio la vuelta y se metió en casa. Después lo pensó y decidió que por la tarde se pasaría por casa de Candela a que le diera una explicación. Pero entonces ya no podría. Candela, esa tarde, no estaría en casa.

Cuando la niña llegó a la altura de la casa de la enredadera, comprobó que el corazón le latía a toda prisa. Estaba nerviosa. Por un momento dudó y pensó en irse a su casa corriendo, pero las ganas de saber qué pasaba con aquella casa y un rápido vistazo a la puerta del balcón, que volvía a estar entreabierta, la empujaron a entrar. El viento le susurraba al oído: «¡Atrévete, Candela!»

Candela respiró hondo, se colocó la camiseta, se anudó el pelo en una coleta haciendo que la larga melena negra le cayera a un lado del hombro, subió un poco la cabeza y abrió la verja. Al instante se arrepintió. Aquella valla chirrió tan fuerte, que Candela estaba segura de que lo habrían oído en la otra parte de la ciudad. Miró a un lado y a otro. Disimuló unos minutos como si simplemente estuviera por allí curioseando y, cuando estuvo segura de que nadie la había visto, entró al jardín.

Desde dentro era mucho más imponente. La vegetación había crecido libre durante mucho tiempo cubriendo el camino que llevaba a la entrada principal de la casa. A un lado había una fuente, seca desde hacía décadas, con un angelito decorando su parte superior. El ángel llevaba una vasija con un agujero desde donde, seguramente, saldría el agua. La fuente estaba llena de hojas muertas, telarañas y, además, unas cuantas grietas decoraban la parte de fuera. Los árboles cubrían casi todo el jardín. Árboles que necesitaban que los podaran con urgencia. Cuando la miraba desde fuera, nunca se habría imaginado que el jardín iba a ser así. Era increíble. Parecía sacado de un libro antiguo. Los pájaros habían construido sus nidos en las ramas, las raíces sobresalían del suelo lo suficiente para hacer que Candela tropezara un par de veces. En el porche, se balanceaba un columpio antiguo, como si alguien estuviera encima de él. A Candela se le puso la piel de gallina, pero se obligó a ser valiente. Que la gente dijera que la casa estaba embrujada no quería decir que lo estuviera. Así que, ¿por qué tener miedo?

Al llegar a la puerta de entrada vio que no podría entrar. Tenía pinta de llevar mucho tiempo cerrada y estaba atascada. Así que se volvió hacia el jardín trasero. Una vez allí, comprobó que la enredadera había cubierto prácticamente también esa parte de la casa. Le daba un aire siniestro y, a la vez, elegante. En una caseta de jardín había varias herramientas y una escalera. Bien, tendría que usar la escalera para subir por la puerta entreabierta del primer piso. Se acercó a cogerla cuando vio que estaba llena de telarañas y polvo. Buscó algo con que limpiarla un poco, pero allí no había nada. Entonces miró a su alrededor, buscando un poco de hierba o una rama baja para romperla y usarla para limpiar la escalera, cuando los ojos se le quedaron fijos en algo. La puerta trasera de la casa estaba bastante limpia, lo cual era muy raro teniendo en cuenta la suciedad reinante allí. Se acercó cautelosa y comprobó que, efectivamente, esa puerta parecía haber sido limpiada por alguien hacía bien poco. Su mano se acercó al pomo de la puerta, pero cuando iba a agarrarlo, le entró el pánico y se fue corriendo. Al llegar a la verja, otra vez el susurro del viento la hizo parar: «¡Atrévete, Candela!» Entonces pensó que estaba allí por algo, y se fue decidida hacia la puerta de atrás y, sin pensárselo dos veces, giró el pomo y entró.

Estaba en una estancia amplia, no muy luminosa, porque el polvo y la suciedad tapaban los cristales de las ventanas. Candela descubrió a un lado un interruptor de la luz. Pensó que, por supuesto, no habría corriente, pero aun así, lo accionó. La luz inundó la estancia para su sorpresa.

«Vaya», pensó, «pero si esta casa lleva años deshabitada. ¿Cómo puede ser que nadie haya desconectado nunca la luz?»

Miró a su alrededor con atención. Se encontraba en una cocina antigua. A un lado, había unos fogones negros con un compartimento para el carbón, que se encontraba en un cesto a su izquierda. Una gran mesa de madera permanecía en el centro de la cocina con unos cuantos utensilios encima de ella. Había varios cuchillos, cucharones, tablas de cortar... En una pared, una amplia gama de ollas de cobre adornaban la cocina. Brillaban a la luz de la lámpara, pese a la suciedad que se había depositado en ellas.

Candela atravesó la estancia con cuidado. Miraba dónde pisaba por si encontraba alguna sorpresa. No había contado con los ratones y las cucarachas. No es que le dieran miedo, al menos los ratones, pero... mejor que se hubieran escondido al notar la luz. Al fondo, había dos puertas y una escalera que subía al piso superior. Candela se acercó acariciando la superficie de la mesa al pasar. Notó cada marca que, durante años, habían dejado en ella los afilados cuchillos que ahora permanecían inertes.

Intentó decidir qué puerta abriría primero. Comenzó por la de la izquierda. Eran puertas de madera maciza. Tenían unos adornos grabados en la madera, que Candela contempló con fascinación. En esa primera puerta se había labrado la figura de un niño mirándose a un espejo. Candela abrió y entró. Inmediatamente la puerta se cerró y Candela sintió pánico. Se giró para intentar abrirla, pero fue en vano. La puerta no cedió ni un milímetro. Parecía haberse vuelto de acero. Cuando estaba a punto de ponerse a llorar, una voz sonó en la habitación.

–**On et sepucoerp** –dijo la voz de un niño–. **Odnauc savleuser le amgine al atreup es árirba.**

Candela miró hacia atrás. Se encontraba en una habitación infantil. Estaba muy sucia, por supuesto, pero ordenada. Un niño estaba sentado en una butaca. Era rubio y tenía unos ojos azules inmensos. El pelo rizado le daba un aire de angelito que a

Candela le recordó al ángel de la fuente del jardín. Tendría unos siete años. Iba vestido con una camisa blanca y un pantalón negro muy propios del siglo pasado. Tenía en la cara una expresión de alegría mezclada con expectación que a Candela le pareció muy divertida.

–¿Cómo te llamas?

–Ogaitnas. Ognet eteis soña.

–¡Uf! No tengo ni idea de en qué lengua hablas. Así no sé cómo voy a salir de aquí –dijo Candela desesperanzada.

Recorrió la estancia con la mirada. En la pared del fondo había un gran espejo lleno de polvo. La cama estaba hecha y tenía una colcha adornada con hilo de oro. Candela pensó para sus adentros que aquel niño debía de ser un fantasma de un heredero o algo así. En la habitación había algunos juguetes antiguos. Un balancín con forma de caballo permanecía en una esquina a la espera de que algún niño decidiera volver a montar en él. Una casa de muñecas y varios libros de cuentos aguardaban en la estantería a que unas manos infantiles volvieran a divertirse con ellos. Encima de la cómoda, una caja de música llevaba callada demasiado tiempo. Volvió a fijarse en el niño. Permanecía serio, pero no parecía demasiado triste. Solo formaba parte de aquel lugar.

–¿Tú sabes cómo puedo salir de aquí? –preguntó Candela–. ¿O es que no voy a salir? ¿Me quieres hacer daño?

–**On, on** –contestó el niño–. **Olos seneit euq raugireva le ojitreca y sárdlas.**

–Madre mía. No entiendo un pimiento. ¡Quién me manda a mí meterme en este lío!

Comenzó a pensar en su madre. Posiblemente ya habría llegado a casa y se habría dado cuenta de que no estaba. Una lágrima corrió por su mejilla, pero enseguida se la limpió. Entonces vio, en una mesita al lado del espejo, una gran jarra con agua, una palangana y una toalla. Miró de nuevo al gran espejo y se le ocurrió una idea.

–¿Cómo has dicho que te llamas? –le preguntó al niño poniendo cara de estar maquinando algo.

–**Ogaitnas** –contestó el niño–. **¿Rop éuq?**

–¡Ya lo entiendo! ¡Hablas al revés!

–**Oy on olbah la séver. Sere út al euq albah la séver.**

Entonces Candela cogió la palangana, echó en ella el agua, mojó la toalla y se puso a limpiar el espejo. Cuando terminó, tenía pegada en su camiseta gran parte de la suciedad que acababa de quitar. Pero el espejo reflejaba por completo el contenido de la habitación. Miró al niño, que le devolvió la mirada con sus grandes ojos azules, y entonces se metió en el espejo. No sabía por qué había hecho eso. Pero en su interior sintió que tenía que hacerlo. Atravesó el espejo sin problemas y se encontró en una estancia exactamente igual, pero colocada al revés.

El niño se acercó al espejo. Candela lo veía. Ellos dos eran los únicos que no estaban reflejados ni en un lado ni en el otro.

—Vamos a hacer una prueba —dijo entonces Candela—. Repíteme tu nombre, por favor.

—¿Otra vez? Ya te he dicho que me llamo Santiago.

—¡Sí! —gritó Candela entusiasmada—. ¡Es genial!

—¿Qué es tan genial? —preguntó interesado el niño.

—Que ya no hablas al revés.

—Te he dicho que yo no hablo al revés, que eres tú la que habla al revés —contestó Santiago un poco enfadado—. ¡Anda! Ya no hablas al revés.

Candela sonrió. Ahora al menos se entendían. Recorrió con la mirada la estancia. Se acercó a la puerta. Nada. No se movía ni un ápice.

—Está cerrada con llave —dijo Santiago—. Solo saldrás de aquí si adivinas el acertijo, te lo dije antes.

—¿Qué acertijo?

–Pues el que me llevo aprendiendo desde que estoy aquí –contestó el niño.

–Y... ¿desde cuándo estás aquí? –pregunto cautelosa Candela.

Santiago se quedó pensando unos segundos. Después, mirando a Candela a los ojos, le dijo con la mirada triste:

–No me acuerdo. Llevo tanto tiempo, que no me acuerdo. Creo que siempre he vivido aquí. No recuerdo haber estado en otro sitio.

–Vaya –contestó Candela–. Cuánto lo siento.

–¿Qué es lo que sientes? A mí me gusta estar aquí. Es mi sitio –dijo muy decidido Santiago.

–De acuerdo, dime el acertijo –le pidió Candela–, así podré salir cuanto antes.

–Muy bien, pues allá va:

«María está jugando en la fuente. Hace tanto calor que se moja los brazos y la cara para refrescarse. Entonces su madre le pide que lleve agua de la fuente a la cocina. María le pide a su madre algo para transportar el agua y su madre le da un colador. María se queda mirando el colador, lo mete en la fuente y, cuando está lleno de agua, intenta transportarla. Pero nada más sacar el colador de la fuente, se vacía. Entonces su madre le da un beso y le dice: "Habrá que esperar unos meses."»

La pregunta es: ¿por qué le dice eso su madre?

Candela estaba un poco alucinada. ¿Qué tontería era esa del colador? Todo el mundo sabe que no se puede transportar agua con un colador, ¿no?

–Menuda tontería de acertijo –replicó Candela, visiblemente enfadada.

–Ya, pero ¿por qué le dice eso su madre?

–¡Y yo qué sé! Será para que cada viaje que haga a la cocina pueda escurrir las pocas gotas que hayan quedado en el colador. Tardará meses, ¿no?

–No –dijo como única respuesta Santiago.

–Esto es una tontería –dijo Candela muy enfadada.

Candela se puso a buscar por la habitación. Miró en los cajones de la cómoda, en la mesilla de noche, en el armario, debajo de la cama, debajo de la almohada, debajo del colchón. Incluso debajo de la alfombra. Nada. Entonces miró a Santiago y le dijo:

–Tienes tú la llave, ¿verdad? Si adivino el acertijo me la darás y si no, no.

–Yo no la tengo –protestó Santiago.

–Ya lo creo que sí –zanjó Candela.

Y, diciendo esto, volvió a cruzar el espejo para quitarle la llave a Santiago.

–**¡Et yotse odneicid euq oy on al ognet!** –gritó Santiago–. **¿Rop éuq on em seerc?**

–Otra vez al revés –resopló Candela.

–Oy on al ognet, et ol otemorp.

Candela miró al niño a los ojos y vio que no mentía. Así que volvió a la otra parte del espejo para poder entenderse con él y se dispuso a pensar en el acertijo. Pidió a Santiago que se lo repitiera. Cinco veces. El niño no dio muestras de impaciencia, ni de fastidio. Se lo repitió igual las cinco veces. Candela estaba un poco desesperada. Pensó en su madre, en sus amigos, incluso en sus profesores. Por un momento creyó que nunca los volvería a ver. A su mente comenzaron a llegar recuerdos felices. Se acordó de su cumpleaños, cuando habían montado aquella fiesta de disfraces tan divertida y Álex, tan despistado como siempre, había llegado sin disfraz. Recordó cuando en la Navidad anterior habían estado tirándose bolas de nieve. También pensó con nostalgia que esa próxima Navidad no podrían hacerlo. Jamás saldría de allí.

De pronto, se le iluminó la cara. Los ojos le centelleaban de la emoción. Navidad, frío.

–¡Claro! ¡Ya lo tengo! Creo que he resuelto el acertijo. La madre de María le pide que espere unos meses porque es verano. Tú has dicho que se mojó los brazos para refrescarse porque hacía mucho calor. Entonces María tiene que esperar a que sea invierno y se congele el agua. Así podrá transportarla con facilidad incluso en un colador.

La sonrisa de Santiago iluminó su rostro. Había acertado.

—Ahora debes encontrar la llave. Antes no podías verla, pero ahora sí —le dijo Santiago con la felicidad reflejada en el rostro.

Candela miró la habitación y allí resplandecía una llave de cristal, transparente, como si fuera de hielo, como en su acertijo. Estaba puesta en una caja de música, encima de la cómoda. Antes allí no había nada. Cogió la llave. Estaba fría como el hielo, pero no se derretía al tacto. Volvió a cruzar el espejo y se acercó a la puerta. La llave encajaba perfectamente en la cerradura y, con un suave clic, la puerta se abrió.

Se volvió para despedirse de Santiago, pero el niño había dejado de ser una figura apagada. Parecía estar lleno de luz. Levantó la mano para despedirse de ella y se difuminó. Se fue haciendo transparente hasta desaparecer del todo. Cuando se fue, un soplo de aire meció el cabello de Candela y, en sus oídos, oyó un susurro:

«Gracias, Candela, por fin soy libre. Si me necesitas, volveré. Intenta liberarnos a todos.»

–¿A todos? –preguntó a la nada–. Pero ¿cuántos sois?

Nadie le contestó. Así que se dispuso a abrir la siguiente puerta. Antes, se guardó la llave en el bolsillo. Por si la volvía a necesitar.

3. Me como una *A*

Candela volvió a la enorme cocina. Cuando salió, un pequeño ratón la estaba esperando en medio de la estancia. Al verlo, Candela dio un salto hacia atrás. El ratón se asustó y cruzó la cocina a toda velocidad, metiéndose por un pequeñísimo hueco que había en una de las paredes.

Candela se acercó a la siguiente puerta. En ella había un grabado de una niña grandota comiéndose lo que parecía una *A*.

Pensó en irse a su casa y volver al día siguiente. Ya se le ocurriría algo para decirle a su madre sobre la tardanza de hoy. Pero pensó en las palabras que le había dicho Santiago al desaparecer: «... por fin soy libre. Intenta liberarnos a todos.» Pensó que, ya que hoy se la iba a cargar, al menos intentaría que otro niño fuera liberado. La mente de Candela pensaba en Santiago. ¿Qué era exactamente? ¿Un fantasma? ¿Producto de su imaginación? A lo mejor estaba dormida y se lo estaba imaginando. Se dio un pellizco fuerte en la mejilla derecha. Lo hacían en las películas para saber si estaban despiertos o soñando. ¿Sería una ilusión? ¡Claro! Seguro que la casa la había comprado un mago y estaba haciendo un espectáculo usándola a ella.

De pronto volvió a escuchar el susurro del viento. Una corriente de aire que venía de la escalera silbó en sus oídos: «Sálvanos, Candela.» La niña se fijó en el pomo de la puerta que estaba a punto de atravesar. El pomo tenía forma de *R*. Entonces miró el pomo de la habitación del espejo. Antes no se había dado cuenta. Tenía forma de *S*. Claro, la *S* de Santiago. «¿A quién pertenecerá la *R*?», pensó con algo de miedo. «Bien, habrá que averiguarlo.» Y, dicho esto, abrió la segunda puerta. Nada más entrar, la puerta se cerró. Candela ni siquiera intentó abrirla. Ya sabía que sería imposible. Pero esta vez no tuvo miedo porque estaba segura de lo que tenía que hacer.

Se encontraba en la habitación de una niña. Una gran cama llena de puntillas y lazos en colores rosas y violetas coronaba la habitación, que era enorme. Tenía un espectacular dosel con un montón de telas de gasa y seda, decoradas con miles de violetas bordadas a mano. A un lado, un armario inmenso de color blanco. En la cómoda, una caja de música abierta, con dos bailarinas que parecían suspendidas en el aire, esperando una música que no llegaría. Las cortinas, a juego con el edredón, el dosel y la alfombra. En una estantería inmensa, cientos de libros perfectamente colocados. Una niña regordeta de unos diez años esperaba sentada en un sillón que en un tiempo había sido blanco. Llevaba dos largas trenzas a los lados de la cabeza de un intenso color naranja. Unos lazos verdes, a juego con su vestido, remataban sus trenzas pelirrojas, dándole una perfecta armonía al conjunto. Sus ojos eran de un profundo color verde. Al mirarlos, Candela sintió como si estuviera delante de una pantera. Pero cuando la niña sonrió, Candela se relajó. La sonrisa era sincera.

–Hola, me llamo Rosalía, ¿y tú?

–¿Yo? Pues me llamo Candela. ¿Por qué hablas tan raro? ¿Por qué te faltan letras?

Rápidamente la niña se levantó de la butaca y se acercó a Candela. Con gran sorpresa, Candela vio que todo lo que estaba diciendo, todas las palabras que acababan de salir de su boca, estaban suspendidas en el aire de la habitación, encima de ella. Rosalía le sacaba a Candela una cabeza y era el doble de grande. Cuando la vio aproximarse tanto a ella, se asustó. Pero entonces comprobó, totalmente alucinada, que Rosalía estaba cogiendo todas las aes de las palabras que Candela acababa de decir. Después, se las llevó a la boca y se puso a comérselas tranquilamente.

Candela no daba crédito. Miró por encima de su cabeza y leyó mentalmente lo que quedaba de sus frases: «–¿Yo? Pues me llamo Candela. ¿Por qué hablas tan raro? ¿Por qué te faltan letras?»

–Madre mía. Es alucinante –dijo Candela.

Pero al momento, se arrepintió, porque Rosalía se levantó como un rayo y volvió a coger las aes dejando puesto: «Madre mía. Es alucinante.» Candela se obligó a cerrar la boca, morderse un poco la lengua y pensar muy bien las palabras que tenía que pronunciar. Intentó pensar cómo preguntarle de qué manera salir de la habitación pronunciando el menor número de aes posible.

–Humm… –comenzó–. ¿Cómo podré irme de este sitio pronto?

Rosalía puso cara de asombro. Después, una sonrisa asomó a su rostro.

–Muy bien, Candela. Estás intentando no decir la letra *a* para que no me la coma, ¿eh?

Bueno, te diré que es casi imposible no decir la letra *a* en todo el rato que estés aquí a no ser que adivines el acertijo enseguida, claro.

–Bueno –contestó Candela–. Lo intent... digo... lo procur... digo... lo veremos.

–¡Ja, ja! ¡Es genial! Ya veremos cuándo te cansas.

–Bien. Necesito que me cuentes el acertijo –le pidió Candela.

–¡Por fin! –dijo Rosalía mientras se levantaba rápidamente a comerse la *a* de acertijo–. Ya has cometido un error. ¿Lo ves?

–Bueno. Es que no sé cómo decir *acertijo* de otro modo.

Con horror, Candela se dio cuenta de que no aparecía la *a* de la palabra acertijo. Una vez que Rosalía se la había comido, ya no volvía a aparecer. ¡Qué fastidio! Si permanecía mucho tiempo en esa habitación, se quedaría sin la letra *a*, como Rosalía. ¡De eso nada! Buscó un papel y un bolígrafo en su mochila y decidió intentar no volver a hablar. Solo se lo escribiría.

–¿Comprendes el texto escrito? –le preguntó a su pelirroja amiga.

–¿Que si sé leer, quieres decir? ¡Pues claro! ¡Qué pregunta más tonta!

Entonces, Candela se puso a escribir a toda prisa. Quería saber el acertijo cuanto antes para poder salir de allí y, si iba bien de tiempo, salvar a otro niño. Después se dio cuenta de que a lo mejor nunca salía de allí. Dependería del acertijo. El de Santiago le había costado un montón. Echó de menos a Álex. Leía tanto que sabía mucho de un montón de cosas. También echó de menos a Gabi. Era su mejor amigo, su confidente. Siempre sabía cómo hacerla reír. Cuando terminó de escribir, le pasó la nota a Rosalía.

«Antes estuve en otra habitación y Santiago, el niño que había allí, me ha dicho que solo podría salir si adivinaba un acertijo. ¿Aquí hay que adivinar alguno también?»

Rosalía asintió con la cabeza y, antes de que Candela pudiera reaccionar, se puso a chupar la hoja de papel. Candela se quedó petrificada. Después Rosalía le devolvió la hoja y le dijo:

–Lo siento, Candela, pero esto no funciona así. La letra a, escrita, también me pertenece.

Mientras le decía aquello a Candela, se acercó a la estantería donde había infinidad de cuentos infantiles. Cogió unos cuantos: *Alicia en el país de las maravillas, El mago de Oz, La sirenita, Cuento de Navidad...* Entonces Candela, con gran horror, comprobó los títulos: *Alicia en el país de las maravillas, El mago de Oz, La sirenita, Cuento de Navidad...*

Abrió el primer cuento, el de *Alicia en el país de las Maravillas*. En la primera página no había ni una sola *a*. Lo mismo pasaba con la segunda y la tercera. Con horror, comprobó que no quedaba ni una letra *a* por desaparecer. Lo mismo pasaba con el resto de los cuentos. Se acercó a la estantería y revisó uno por uno todos los libros que allí había. Todos. No quedaba ni una sola *a*.

El cerebro de Candela trabajaba a toda velocidad. El caso es que Rosalía le caía bien, pero no tanto como para que dejase al mundo si las aes.

–Rosalía, el acertijo, por favor –dijo entonces Candela.

Sabía que acababa de sacrificar tres letras, pero esperaba que así Rosalía hablase cuanto antes.

–Muy bien –contestó Rosalía mientras se comía las tres aes–, te lo diré: «Una mañana de verano, Juan va paseando por la calle con Ramón y Eduardo. A su vez, en esa comitiva están el hijo de Juan y el de Eduardo. Hace tanto calor que paran en un puesto callejero a comprar unos helados. "Invito yo" –dice Juan–. Se acerca al heladero y pide tres helados. Le da unas monedas y reparte los helados. Se comen un helado cada uno. Todos comen su helado completo, nadie reparte helado con nadie, y Juan solo ha comprado tres. ¿Cómo es esto posible?»

«Jolín, ya estamos», pensó Candela con fastidio. «¿Por qué tanta adivinanza? ¿Es que no tienen otra cosa que hacer? Bueno... realmente no. Precisamente les sobra tiempo para estos jueguecitos.»

–¿Qué, Candela? ¿Sabes la solución? –preguntó divertida Rosalía.

Candela pensó que Rosalía, en cuanto podía, la incitaba a hablar. Seguro que era para que tuviera que usar la letra *a* y podérsela comer. ¡Menuda glotona! Aun así le caía bien. No le parecía justo que una niña tuviera que vivir en esa única habitación por tanto tiempo. Ella, desde luego, no lo soportaría.

–Bien, no sé resolver el acertijo, pero puede que después sí –dijo Candela, eligiendo una a una sus palabras con bastante dificultad. Era sumamente difícil no usar la *a*.

En la cara de Rosalía apareció una maliciosa sonrisa. Se había dado cuenta de que Candela estaba usando todas sus fuerzas para hablar de esa manera. Eso quería decir que flaquearía en cualquier momento.

Candela pensó en el acertijo, empleando para ello todas sus fuerzas. «A ver», pensó, «es imposible que Juan compre tres helados para cinco personas y que todos se coman un helado entero. Por narices hay dos que no comen helado o comparten los tres helados entre cinco. Tiene que haber un error.»

Repasó mentalmente el acertijo una y otra vez. Cuando se cansó de repasarlo, buscó por la habitación la llave que abriría la puerta esa vez, sin mucho éxito. Y eso que Rosalía le dijo que podía buscar por donde quisiera. Incluso debajo de la cama.

–Candela, ya sabes que la llave no va a aparecer mientras no resuelvas el acertijo, así que deja de buscar por la habitación y piensa.

–¿Puedes repetirme el acertijo?

–Cómo no –contestó Rosalía.

Y dicho esto, se lo repitió unas cuantas veces. Pero cuanto más lo oía Candela, más imposible le parecía. Así que empezó, al igual que le había ocurrido con Santiago, a pensar que jamás saldría de allí. Se acordó de su madre, de los momentos con su familia. Del cumpleaños de su madre, cuando sus abuelos y sus tíos habían venido a pasar unos días. Ella quería mucho a su tía, era la hermana de su madre y se parecían mucho. De hecho, las dos eran clavaditas a su abuela. Seguro que su abuela, de joven había sido tan guapa como su madre. Ella también se le parecía bastante. Sobre todo por sus grandes ojos negros, tan expresivos, que hablaban por sí solos.

De pronto, una idea le cruzó la mente. Lo hizo tan deprisa que Candela casi ni se da cuenta. Pero intentó concentrarse en ella y se le ocurrió algo. Su abuela, su madre, su tía... ¡Claro! Ahí estaba la solución.

–¡Lo tengo! ¡Lo he solucionado! –gritó fuertemente Candela.

Rápidamente Rosalía se comió la *a* de la palabra «solucionado».

–¿Sí? –preguntó Rosalía con la boca llena–. ¿Y cuál es la solución?

En aquel momento, Candela decidió que Rosalía podía comerse todas las aes que le diera la gana. Con tal de salir de allí... Así que dejó de buscar palabras en las que no apareciera esa letra y le dijo lo que pensaba según le llegaba a la mente.

–Pues que el hijo de Juan es Eduardo y el de Eduardo es Ramón. Por eso no les hacían falta cinco helados sino tres. En ningún momento has dicho que hubiera cinco personas. Has dicho que «a su vez están el hijo de Juan y el de Eduardo», y yo inmediatamente me había imaginado que eran otros distintos, no ellos mismos.

Rosalía corrió como un rayo a comerse las veintitrés aes que había soltado en su razonamiento Candela, pero a ella no le importó. Solo quería saber si realmente era esa la solución.

Cuando Rosalía acabó el banquete, la miró a los ojos y le dijo:

–Impresionante, Candela, realmente impresionante. Busca ahora la llave.

Candela recorrió la habitación parándose bien en todos los rincones. Pero no era capaz de ver la llave. Tras un buen rato en el que empezaba a desesperarse, gritó airada:

–¡Me has mentido! ¡La llave no está!

–Glup, glup –hizo Rosalía mientras comía un poco más–. Mira bien, anda.

Entonces Candela vio un brillo extraño que salía de un libro que estaba encima de la mesita de noche. Se acercó despacio y comprobó que era el diario personal de Rosalía. En la portada resplandecía una llave. Era de cobre. Llevaba un llavero con la letra *C*. Candela se apresuró a cogerla. Entonces Rosalía dijo:

–Qué raro. ¿Por qué llevará la *C* y no la *A*?

–Para que no te la comas –respondió Candela.

Al instante comprobó como Rosalía, con aire ausente y pensativo, se comía las cuatro aes que Candela acababa de pronunciar. Mientras, Candela introdujo la llave en la cerradura y, al igual que en la habitación de Santiago, se abrió con un simple clic. En aquel instante, Rosalía comenzó a brillar y a desaparecer, de su cuerpo surgían miles de chispas doradas. Con fascinación, Candela descubrió que no eran chispas. Eran pequeñas aes que se iban colocando en los libros de la estantería, en la cabeza de Candela, en el diario de Rosalía, algunas salían rozando a Candela, y abriéndose paso hacia el libro de cocina que permanecía encima de la inmensa mesa de madera. Otras subían la escalera. Al pasar al lado de Candela, un susurro en el oído derecho le dijo: «GrAciAs, CAndelA. AyudA A los demÁs.»

–Adiós, Rosalía. Lo intentaré.

A estas alturas ya estaba decidida a no salir de esa casa hasta que no quedara ningún niño prisionero en ella. Se quedó mirando la escalera. Parecía una de esas escaleras de servicio que había en las casas antiguas. Seguramente llevaría al piso superior.

Cuando saliera de allí, si es que lo conseguía, claro, Gabi no se lo iba a creer. Entretanto, una madre preocupada buscaba a su hija por toda la ciudad.

4. Cruce de palabras

Con paso vacilante, puso un pie en el primer escalón. El peor fue el segundo, porque le hizo abandonar la seguridad del suelo de la cocina. Siguió poniendo un pie tras otro hasta que llegó al piso superior. Allí había tres puertas. Y un poco más allá, otra escalera que bajaba hacia el vestíbulo. Se dispuso a examinar las tres puertas. Así que allí había otros tres niños. ¿Por cuál empezar? Decidió que por la habitación que estaba más alejada de la escalera. Algún orden había que seguir.

Cuando estuvo frente a la puerta, se puso a contemplar el maravilloso grabado. Tenía un realismo increíble. Le vino a la mente su amigo Gabi. Dibujaba tan bien, que alguna vez llegaría a ser alguien importante. Estaba segura. Una vez la había dibujado a ella. Era alucinante lo bien que le había salido. Parecía una fotografía. Tenía el dibujo puesto en su habitación.

En esa primera puerta había una gran cama con una niña dentro. Estaba sentada y tenía una especie de chal puesto sobre los hombros. Se concentró en lo que había ido a hacer allí. Miró el pomo de la primera puerta. Era una *A*. Bien, a estas alturas, de lo que podía estar segura es de que era una niña la que estaría tras esa puerta y tendría un nombre que empezara por esa letra. No pudo evitar pensar en Rosalía. ¿Qué habría pasado si no la hubiera liberado? A lo mejor la puerta no tendría pomo. Como precisamente era una *A*... Y el niño o la niña de esa habitación tendrían el nombre incompleto.

Abrió la puerta sin pensárselo más y entró. Por supuesto, la puerta se cerró inmediatamente como si la hubieran clavado al marco. Dentro, estaba bastante oscuro. Había una lámpara de aceite a un lado, encima de una mesilla. Candela fue hacia ella y la abrió un poco para que diera más llama y ver dónde estaba.

–**¿Anda quien ahí?** –preguntó una voz infantil desde la cama.

–Soy Candela. ¿Y tú?

–Llamo me Valtierra Ángela. Nueve tengo años –contestó la voz.

–¿Por qué hablas tan raro? –preguntó Candela a la niña.

–**No yo raro hablo. Sí tú hablas que raro** –contestó Ángela, dejando a Candela pensando en la forma de hablar de su nueva amiga–. **¿Haces qué aquí?**

–Jo, me estás volviendo loca –contestó Candela.

Se dispuso a observar a la niña. Creía haber entendido que tenía nueve años, pero parecía un poco menuda para esa edad. Estaba en la cama y parecía enferma. Tenía el pelo rubio y frágil, recogido en una trenza larguísima y rematada por un suave lazo azul. Sus ojos eran castaños, grandes, pero apagados. Unas sombras oscuras por debajo les daban un aspecto fantasmal, enfermizo. Llevaba puesto un camisón antiguo y blanco, con cintas azules adornándolo, y detrás de la espalda tenía varios almohadones. Pasaba mucho tiempo en la cama, eso era seguro. En una esquina de la habitación, una silla de ruedas que tenía al menos un siglo permanecía aparcada esperando a alguien a quien llevar. Candela se sintió triste por Ángela. Habría que animarla, o mejor dicho liberarla. ¡Manos a la obra!

–Bueno, a ver –fue al grano Candela–, dime el acertijo.

–El si tú acertijo saber ya quieres –dijo con tristeza Ángela–. **Que pensé hablar poco un podríamos, si pero tú quieres no...**

Candela intentó seguir con toda su atención las frases que iba narrándole Ángela, pero era sumamente difícil seguir una conversación con las palabras desordenadas. Así que recurrió al boli y al papel que llevaba en su mochila. Apuntó todas las palabras que decía la niña y después las reordenó. Bueno, así que Ángela quería hablar un poco con Candela antes de revelarle el acertijo. Claro, pobrecilla, llevaba tanto tiempo allí...

–Claro –respondió Candela–, podemos hablar un rato si tú quieres, no hay problema.

La pequeña la miró desde la cama. Parecía concentrarse en lo que decía Candela. Era posible que para ella, la que desordenaba las palabras fuera Candela.

–**Yo cama en llevo años muchos. Realidad en, siempre desde** –dijo Ángela con nostalgia–. **Principio al jardín salía al. Cuando pero se ella enfadó... encerró nos nuestras en habitaciones no y dejó nos más salir.**

–¡Pero eso es horrible! ¿Quién os encerró? ¿Vuestra madre? –exclamó Candela sorprendida a la par que enfadada, escribiendo sin parar en el cuaderno.

–¡No, madre no nuestra! Ella fue. Principio al, buena ella era. Se cuando marchó Matías, volvió huraña se –continuó Ángela–. ¡Pobrecilla! Quedó se triste tan...

El cerebro de Candela trabajó a toda velocidad. Estaba agotada. Tenía que escribir las palabras a toda prisa, intentar ponerlas en orden, leerlas, comprenderlas y contestar a Ángela. Le estaba costando todavía más que cuando habló con Rosalía intentando no usar la letra *a*.

–¡¿Pobrecilla, dices?! ¡Pero si os encerró! No lo entiendo, ¿por qué te da pena?

–Verás –comenzó Ángela–, que creo una cuando está persona triste, hace que cosas debería no. Creo yo no que piensa las. Ella y muy estaba triste.

Candela entendía lo que le decía Ángela, pero no estaba muy de acuerdo. Para ella, cuando alguien estaba triste era normal que hiciera cosas que no haría normalmente, pero encerrar a un montón de niños para siempre en su habitación era demasiado. Mientras pensaba, Candela aprovechó para observar la habitación y así saber algo más de aquella niña frágil y menuda. Tenía un montón de libros a un lado de la cama. La estantería estaba casi vacía. En una silla había un vestido estirado. Era blanco, bordado con estrellas azules. Precioso. Una gruesa capa de polvo se había depositado en él. Candela pensó qué tal le habría quedado a ella la ropa que se llevaba en aquella época, de haber nacido entonces. Se imaginó a sí misma con un vestido así y, sin querer, se le escapó una risita.

–¿**Qué por ríes te?** –preguntó Ángela extrañada.

–Nada, tonterías mías, la verdad –contestó Candela, siguiendo con su revisión de la habitación.

En la cómoda había una foto puesta en un marco de plata y, al lado, un joyero con forma de corazón. Estaba abierto. Candela se acercó a curiosear. Dentro había un medallón. Por delante tenía grabada una *A*, y detrás había una fotografía muy antigua de una mujer muy guapa. Candela estaba segura de que era la madre de Ángela. Se parecían mucho.

–**Mi es madre** –susurró Ángela mientras una lágrima le recorría la cara.

–Ya me había dado cuenta –contestó Candela–, sois igual de guapas.

A la carita de Ángela asomó una leve sonrisa. Candela se sintió feliz por aquel pequeño detalle.

–¿Quiénes son estos? –preguntó Candela a Ángela, señalando la foto de encima de la cómoda.

–¿**Reconoces no ninguno a ellos de?** –preguntó Ángela un poco extrañada.

Entonces Candela cogió la foto para verla más de cerca y se acercó a la luz. En ella había un montón de niños y, en medio de todos ellos, una mujer de una belleza extraordinaria. A su lado había un niño moreno, alto, de unos doce o trece años, que se parecía muchísimo a ella. Contempló la foto con calma. Enseguida vio la silla de ruedas que ahora permanecía en la esquina de esa habitación, con su pequeña amiga sentada en ella. Llevaba un chal por encima de los hombros, pese a que en la foto parecía que el día era soleado y caluroso. Reconoció también los rizos rubios de Santiago y la melena pelirroja que enmarcaba la regordeta cara de Rosalía. Entonces miró el fondo. Estaban en el jardín. A un lado se veía la fuente con el angelito encima de ella. Tal como había supuesto Candela cuando entrara en el jardín hacía ya una eternidad, del agujero que había en el cántaro que sujetaba el ángel salía un chorro de agua. Reconoció los árboles, menos frondosos que ahora, y el camino de adoquines que conducía a la puerta de entrada. Se fijó bien. En el primer piso, la puerta de cristal del balcón estaba entreabierta. Candela registró mentalmente el detalle, pero no supo por qué. Aun así, parecía algo más que una coincidencia.

–¿Todos estos niños están en la casa? –preguntó de pronto Candela, sintiéndose mareada. Acababa de contar catorce niños.

—No, mayoría la marcharon se otras con familias. Esta en casa estábamos solo que hasta adoptaran nos. Es orfanato un esto —contestó Ángela—. De ese se ahí Matías llama. Su es hijo. Fue se. Entonces desde, volvió se y huraña malvada.

—Uf, menos mal. No me siento con fuerzas de liberar a tantos niños —resopló Candela.

—¿Liberar? ¿Quieres qué con decir liberar? Entiendo no.

—Déjalo, es una forma de hablar —dijo Candela con la certeza de que si le explicaba a Ángela que podía sacarla de allí, ella no querría y no le diría el acertijo.

El acertijo, parecía ya el momento de volver a preguntarle por él.

—En la habitación de Santiago y en la de Rosalía he tenido que adivinar un acertijo —comenzó a hablar Candela—. ¿Aquí también...?

—¡Santiago! ¿Santiago a conoces? —preguntó la niña poniendo los ojos como platos—. ¿Está cómo? ¿Bien está?

—Sí, está muy bien. ¿Es tu mejor amigo? —probó a preguntar Candela ante la reacción de Ángela al saber que había estado con Santiago.

—Es Santiago hermano mi —susurró Ángela mientras bajaba la cabeza—. Hermano mi pequeño. Sin llevo verle tiempo tanto...

A Candela se le encogió el corazón. Decidió decirle la verdad a la niña.

–Mira, Ángela, tu hermano ha sido liberado. Al igual que Rosalía. Adiviné el acertijo y pudo marcharse de su habitación. Estaba feliz. Lo mismo que te pasará a ti cuando me dejes adivinarlo.

–**No** –contestó Ángela como única respuesta–. **Puedo no de salir aquí. Tengo aquí lo todo necesito que. Mi sin hermano, me ya igual da.**

Candela se estremeció. Ángela no quería salir de allí y menos no sabiendo dónde estaba su hermano. Iba a ser imposible convencerla y, si lo hacía... ¿lo acertaría? De repente deseó con todas sus fuerzas que Santiago estuviera allí convenciendo a su hermana. Él sería el único que podría.

Entonces, una luz a su espalda llamó la atención de Candela. ¡Santiago! ¡Claro! Cuando se marchó le dijo que si lo necesitaba vendría. Él sabía que esto iba a ocurrir. Conocía bien a su hermana, no cabía la menor duda.

Santiago sonrió a Candela al pasar, pero se dirigió directamente hacia la cama, donde Ángela estaba llorando con la cara enterrada entre las manos. Ni siquiera se había dado cuenta de que Santiago estaba allí.

–Hola, hermanita –dijo el niño, que ya no hablaba al revés.

–¡Santi! –exclamó Ángela, abrazando a su hermano después de tanto tiempo–. **Volví nunca verte a. Dice Candela si que el adivina acertijo, ir podré contigo.**

–Es cierto –afirmó el niño–. Cuanto antes se lo digas, antes podremos salir de aquí.

–**¿Veremos y mamá a?**

–Claro –contestó Santiago–. Yo ya la he visto.

La sonrisa de Ángela iluminó su enfermo rostro. De repente no parecía estar tan enferma. Parecía feliz.

Candela observó atónita toda la escena. Ahora le estaba pareciendo de lo más natural, pero si se lo hubieran contado esa mañana en el colegio, se habría reído de cualquiera. Entonces, Ángela, dirigiéndose a Candela, comenzó el acertijo:

–«**Más cinco y uno quinientos. Dará te, Candela querida, planta una no y miento te.**»

¡Qué fastidio! Encima desordenada. Así sí que no saldría de allí jamás. Por supuesto se la pidió repetir varias veces. La niña se la repitió, pero cada vez entendía menos. Pidió ayuda a Santiago, pero él simplemente negó con la cabeza. Cogió el bolígrafo y el papel y se puso manos a la obra.

Un ratito más tarde y, siguiendo su instinto, había conseguido algo así:

«Cinco más uno y quinientos. Te dará, querida Candela, una planta y no te miento.»

Desde que empezó a hablar con Ángela le había parecido que la niña simplemente cruzaba las palabras de dos en dos. Es decir, la primera con la segunda, la tercera con la cuarta... y siguiendo ese patrón había conseguido colocar así el acertijo. Se sintió muy satisfecha consigo misma... por un momento. Hasta que descubrió que no tenía ni la más remota idea de cómo resolverlo.

Empezó a sumar: quinientos seis. ¿Qué clase de planta se llama así? Perdió la noción del tiempo. Echó de menos un reloj en el que consultar el tiempo que llevaba en aquella casa, pero enseguida pensó que era mejor así, sin saberlo.

Y, como de costumbre, empezó a pensar en otras cosas. Se apoyó en la pared y, sin darse cuenta, se quedó dormida.

Soñó que era una princesa encerrada en un castillo, un dragón dormitaba bajo su ventana y nadie se atrevía a acercarse allí. Entonces alguien llamó a la puerta, que se abrió lentamente. Al abrirse del todo descubrió a su amigo Gabi vestido de soldado romano, llevaba unas sandalias de cuero, una espada y un escudo. Venía a despedirse de ella, porque se iba al frente a luchar. Entonces se miró el vestido, que ya no era de princesa, sino una túnica hasta los pies de las que llevaban las romanas en aquella época.

Poco a poco, supo que estaba soñando y que tenía que despertar. Cuando abrió los ojos le costó unos segundos comprender dónde estaba y por qué. Al intentar recordar su sueño, se dio cuenta. ¿Por qué habría soñado con romanos? Cinco más uno seis, pero... podría ser... En números romanos, seis se escribía «VI» y quinientos, en números romanos...

–¡Sí! ¡Chicos, tengo la solución! –exclamó Candela entusiasmada–. La solución es la VID. Cinco más uno en números romanos es «VI» y quinientos, «D». Juntos forman el nombre de una planta, la VID.

–**¡Bien muy, Candela!** –se alegró Ángela–. **La es de hora la buscar llave.**

Candela, como siempre, recorrió la habitación. Encima de tener que adivinar acertijos tenía que buscar el tesoro. No, si como aventura no estaba mal, pero cada vez estaba más arrepentida de no habérselo dicho a Gabi. Habría sido maravilloso compartir esa aventura con él.

Se centró en el joyero. Miró dentro, pero no había nada. Al menos, nada nuevo. Observó toda la habitación. Tras varias vueltas, no había encontrado la llave. Así que, desesperanzada y, sabiendo que aquellos dos no le iban a dar ninguna pista, volvió a empezar. Mientras pensaba, miró el cuadro que había en la pared del fondo. En él habían pintado a la mujer del medallón mientras sostenía a una niña en brazos. La niña tendría unos dos años. Su pelo era igual que el de Santiago, rubio y rizado, pero lo llevaba peinado en tirabuzones y adornado con unos lazos rojos. Se fijó bien. En el pecho de la mujer estaba pintado el medallón que Candela había visto en el joyero. Y la niña tenía un juguete en la mano. ¡No! No era un juguete. Era la llave. Se acercó hacia allí y la cogió. Era una llave blanca. Parecía de mármol.

Candela miró a los dos niños. Ángela estaba sentada en un borde de la cama y su hermano le había dado la mano. Estaban esperando. Santiago ya casi era transparente. Cuando se oyó el suave clic de la puerta, Ángela se llenó de luz y se levantó de la cama para ir con Santiago. Parecía haber recuperado las fuerzas que durante tantos años le habían faltado. Los dos niños fueron desapareciendo y, de nuevo, una suave brisa meció el pelo de Candela: «Gracias, Candela. Ten cuidado, no te lo pondrá fácil.»

Un escalofrío recorrió la espalda de Candela. Hasta entonces no había sabido de la existencia de esa mujer, que parecía mirarla desde la foto. Empezaba a darle un poco de miedo estar allí.

5. Versos para Candela

Candela estaba feliz. Había liberado a tres niños ya. La pena es que no tenía ni idea de cuántos niños quedaban dentro de la casa. Esperaba que no fueran muchos porque, a esas alturas, sus padres seguro que habían revolucionado a toda la ciudad. Bueno, conociendo a su madre, quizá a todo el país.

Se tocó el bolsillo del pantalón. Allí permanecían las tres llaves: la de cristal, la de cobre y la de mármol. Se quedó mirando el pomo de la siguiente puerta. Era la letra *D*. ¿Cómo se llamaría el niño o la niña a quien pertenecía? Bien, estaba a punto de descubrirlo. Observó con atención el grabado de la puerta. En ella se veía un niño vestido con un traje y una especie de pañuelo en el cuello a modo de corbata. Tenía gafas, llevaba un libro en la mano y, en la otra, una calavera. Candela recordó de pronto aquella obra de teatro que había visto con Nati en el centro cultural de su barrio: *Hamlet*. Era un poco densa para su edad, pero la había fascinado. Oír a esos actores hablar durante tanto tiempo y decir cosas tan intensas... Es cierto que la mayor parte de las veces no entendía un pimiento, pero sí lo suficiente para que se le quedara grabada como una de las mejores tardes de su vida. «Es decir», pensó Candela, «que *D* es un intelectual.»

Asió el pomo de la puerta con decisión y se adentró en su nueva aventura. Se encontraba dentro de una habitación un tanto rara. Tenía todas las paredes cubiertas de estanterías y libros por todas partes. Colocados por filas, encima de las filas libros tumbados, por fuera de las estanterías unos cuantos libros más. Candela pensó que jamás podría ni siquiera contar cuántos libros había allí, así que mucho menos leerlos.

Habría pensado que se hallaba en una biblioteca, de no ser porque había una cama en un lado de la estancia. No era muy grande, pero tenía una colcha muy lujosa adornándola. Un pequeño armario aparecía en un rincón, totalmente enterrado por más libros. Un muchacho de unos trece años estaba sentado en una butaca marrón, leyendo un libro. Al igual que en el grabado de la puerta, llevaba un pañuelo anudado al cuello y tenía una chaqueta marrón gastada, sobre todo por los codos. El pelo permanecía peinado a un lado con una raya hecha con descuido. Las gafas parecían parte de su cara, como si hubiera nacido con ellas puestas. Ni siquiera se percató de la presencia de Candela. A ella le recordó a su amigo Álex, por su apego a los libros y su absoluta concentración cuando los leía, pese a que físicamente no se parecían en absoluto. Álex era más bien gordito, las gafas se le caían constantemente hacia la punta de la nariz y tenía el pelo muy cortito. A esto había que añadir que sus padres eran colombianos, con lo que su piel era un tanto más oscura que la de la mayoría de la clase y, por supuesto, más oscura que aquel personaje fantasmal.

Candela tosió intentando captar la atención de aquel muchacho. Pero fue al tercer intento cuando el chico se levantó sobresaltado, mirando a Candela como si fuera un fantasma. Candela no pudo por menos que sonreír ante la ocurrencia. Si alguien era un fantasma en esa casa, no era precisamente ella.

—Hola –dijo Candela intentando ser amable–. Me llamo Candela, ¿y tú?

—Darío es mi nombre, si lo quieres conocer. Supongo que no es lo único que quieres saber.

—¡Vaya! ¡Qué gracia! ¡Hablas en verso! –exclamó divertida Candela.

—Yo en verso no hablo, te debes de equivocar, yo solo digo palabras según llegan, sin pensar.

—Vale, Darío, lo que tú digas –contestó Candela–. ¿De qué son todos esos libros?

—Algunos de poesía, otros cuentos son, la mayor parte historias del corazón y la razón. Me gusta leer variado, alimenta mi cuerpo y mi mente. Si no leyera así, ya estaría demente.

Candela se aproximó a una de las estanterías y cogió un libro al azar. Era un cuento: «Los tres cerditos». Abrió una de las primeras páginas y leyó. «El cerdito más pequeño, con paja y con pocas ganas, fabricó una casa muy frágil que al lobo no ponía trabas.»

«Qué simpático, Darío ha conseguido una versión de los tres cerditos en verso. Me pregunto si el resto de los libros...»

Cogió otro de otra estantería. Era un libro de matemáticas. Por supuesto ese no estaría escrito en verso. Así que lo abrió por la mitad y se dispuso a leer: «Si multiplicar quieres saber, unas tablas has de aprender. Por la del uno empezarás y poco a poco avanzarás. La del dos llega después y el doble has de poner...»

«Increíble», pensó Candela, «también ha conseguido un libro de matemáticas en verso. O quizá sea otra cosa. A lo mejor los va convirtiendo él. Voy a probar:»

—Darío, ¿has leído todos estos libros?

—Todos los que ves aquí, a mi conocimiento han llegado, salvo este puñado de libros, que a un lado he preparado.

—Déjame ver entonces, que me parece que he dado en el clavo —dijo Candela mientras se le quedaba cara de asombro.

«¿Acabo de terminar su poesía o a mí me lo ha parecido? Solo faltaba ahora que en poeta me haya convertido...», pensó Candela.

—¡Dios mío! —exclamó Candela en voz alta—. Acabo de hacer una rima y ni siquiera sé lo que es una quintilla.

Candela notó horrorizada cómo las palabras se le iban colocando en la boca para salir haciendo rimas. ¿Pero desde cuándo sabía ella hacer rimas? Jamás lo habría imaginado. Era imposible. Miró a Darío, que estaba fascinado observándola.

—Verás, Candela, querida, cada libro que yo tomo se convierte, no sé cómo, en alegre poesía –le explicó con naturalidad su poeta amigo–. Permanecer en mi habitación ha debido contagiarte y al abrir tu corazón has desarrollado este arte.

A Candela nunca le había gustado la poesía, se le daba fatal buscar palabras que rimaran unas con otras, pero ahora estaba encantada, porque no tenía que buscar, las palabras le salían solas. ¡Madre mía, cuando se lo contara a Gabi! Ah, claro, el acertijo, si no, nunca saldría de allí. Bueno, a lo mejor podía charlar primero un rato, se lo estaba pasando en grande.

—A esta casa yo acudí, por ver una puerta entreabierta –comenzó a explicarle Candela–, a unos niños conocí, pero no sé si dormida o despierta. Yo conseguí liberar a Ángela, Santiago y Rosalía. ¿Cuánto tiempo llevo aquí? ¿Es de noche o es de día?

—Ya libres son los tres, pero aún te queda un trecho, falta lo más difícil, yo solo soy el cuarto, de hecho –siguió Darío con su explicación–. Ten mucho cuidado con ella, sabe todos tus movimientos, no te quiere en su casa, Candela, y te lee los pensamientos.

—Empieza a darme miedo esa mujer misteriosa que os encerró en su casa como a simples mariposas –continuó Candela cada vez más asustada–. Ángela me contó que la tristeza había anidado en su corazón, el día que su hijo Matías abandonó esta prisión.

–Era una mujer muy buena, nos acogió a todos, nos dio un hogar. Pero Matías quiso marcharse y dejó la pena en su lugar. Era su bien más preciado, como a un tesoro lo cuidaba, una vez se hubo marchado, lo demás igual le daba.

–Creo que ha llegado el momento de que me digas el acertijo –le pidió Candela–. No le devolverá a su hijo, pero al menos tú serás libre de este tormento.

–Candela –comenzó a decirle Darío–, permíteme recordarte que si das con la solución de este original acertijo, tú saldrás de esta habitación y yo abandonaré mi escondrijo. Con mis amigos me reuniré, hermanos son para mí los que tantos años llevo sin ver, ni siquiera sus voces oír.

»Este acertijo es muy cuco, piensa bien, que tiene truco.

»Si en un bar tú te presentas y en una mesa te sientas, ¿qué será aquello primero que te diga el camarero?

Candela repasó mentalmente el acertijo. Una cosa era que las palabras le salieran directamente en verso y otra cosa era comprender una adivinanza narrada en verso. Jamás le había pasado algo así. Había que emplearse fondo. Se le ocurrían toda clase de respuestas. Empezó a probar algunas:

«Lo siento, señorita, pero está ocupada esa mesa en la que está sentada.»

Darío negó con la cabeza.

«¿Qué quiere usted tomar? ¿Viene sola o va a esperar?»

Miró a Darío. Nada. Esa tampoco era la respuesta.

«¿Le apetece un refresco o prefiere algo caliente? Quizás le apetezca más algo de hincar el diente.»

Nada. Darío seguía negando con la cabeza. En fin, se las prometía muy felices, pero no iba a ser tan fácil. Se puso a darle vueltas a la cabeza. Después se le ocurrió una idea. En una de las estanterías había visto varios libros de adivinanzas. Se fue a por ellos y se dispuso a leer en busca de la solución. Darío, al ver que aquello le iba a llevar un rato, se sentó en su butaca y siguió con el libro que había dejado cuando llegó Candela.

Cuando Candela terminó de leerse todos los libros de adivinanzas que tenía Darío, estaba igual que cuando empezó. Se sentía fatal. Le dolía la cabeza y le parecía que no podría usar el cerebro ni un segundo más. Necesitaba descansar. Darío levantó la vista de la butaca y le dijo, señalando la cama:

–Si necesitas descansar, en la cama te has de acostar. Si un buen rato puedes dormir, enseguida vuelves a producir.

Candela pensó que no era mala idea. Seguro que le pasaba como en la habitación de Ángela, cuando había soñado con los romanos. Durmiendo daría con la solución. Se tumbó un rato y se quedó dormida. Pero, al contrario de lo que pensaba, ningún sueño le dio la solución.

Soñó con un gran salón en el que había una chimenea encendida. Al lado, en una mecedora de madera, estaba sentada una mujer muy guapa. Candela reconoció en sus sueños a la mujer de la foto. La dueña de la casa. No había nadie más. De hecho, no había nada más, ni muebles, ni fotos, ni jarrones, ni cuadros, ¡ni siquiera paredes!

–Candela –se dirigió a ella la mujer– acércate.

Candela no quería acercarse, pero sus pies se movían obedeciendo a aquella dama. Intentó darse la vuelta, pero su cuerpo no le hacía caso.

–Matías se ha marchado y tú has liberado a mis niños. Te tendrás que quedar aquí conmigo en su lugar. Lo entiendes, ¿verdad?

Candela estaba petrificada. ¿Quedarse en esa

casa para siempre en lugar del resto de los niños? Ni
de broma. Jamás se quedaría allí. Encontraría la for-
ma de salir. Pero de su boca salió solo una palabra:
–Claro.
–*Si dejas de liberar a mis niños te podrás ir, por*
supuesto. Tú decides.

En aquel momento, Candela se despertó sobresaltada. Ella no quería quedarse allí bajo ningún
concepto. Se marcharía de aquella casa en cuanto
pudiera. A Darío había que liberarlo, eso estaba claro. Si no, jamás saldría de esa habitación. Pero el
resto de los niños, hubiera los que hubiese, se las
tendrían que arreglar solos.

Rompió a llorar. Darío soltó el libro de golpe y se
levantó de la butaca. No sabía si acercarse a Candela o si sería mejor quedarse allí. Candela echaba de
menos a su familia, pero no podía dejar a esos niños
allí. ¿Cómo lo haría?

Su madre estaría muy preocupada. La quería
tanto... aun cuando la regañaba por no quitarse los
zapatos llenos de barro al entrar en casa; o cuando
dejaba el baño hecho un desastre después de du-
charse; o cuando le decía que no se hablaba con
la boca llena y que no se ponían los pies encima de la
mesa... ¡Claro! Sin darse cuenta había dado con
la solución.

–Darío, la solución yo tengo y enseguida te la cuento. Lo primero que me dirá el camarero al pasar, será algo parecido a lo que te voy a contar:

«De muy mala educación es sentarse en una mesa. Siéntese en una silla y probará mi batido de fresa.»

–¡Maravilloso, Candela! –la felicitó Darío–. El acertijo has adivinado, pero aún no has terminado. Si hasta el fin quieres llegar, la llave has de encontrar.

Candela comenzó su búsqueda particular. Era la peor parte. En esa habitación en particular era muy complicado. Sitios donde buscar había muy pocos... o muchos, con tantos libros... Miró cerca de la cama, en la mesilla de noche, estudió bien el atuendo de Darío. El armario estaba enterrado entre libros, pero lo revisó de cabo a rabo sin encontrar nada. Como de costumbre, empezaba a desesperarse. La paciencia no era una de sus mejores cualidades. Miró hacia las estanterías. Candela esperaba que no estuviese entre los libros. Le llevaría semanas encontrarla. Pero algo captó su atención. Un libro permanecía aislado en una de las estanterías. Tenía el lomo dorado. Se acercó a cogerlo, pero no llegaba. Se puso de puntillas, pero estaba demasiado alto. Entonces cogió unos tomos de una enciclopedia que había en otro estante y los puso en el suelo. Se quitó los zapatos y se subió encima. «Pues sí que son útiles los libros», pensó Candela divertida, «parece que no solo sirven para aprender.»

Con las yemas de los dedos y en peligroso equilibrio, Candela consiguió coger el libro. Se titulaba *Una puerta mágica*. Candela lo abrió pensando que allí habría una pista para encontrar la llave, pero en su lugar vio que el libro estaba hueco y una llave negra ocupaba el centro del mismo.

–¡Darío! –exclamó Candela entusiasmada–. ¡La llave por fin encontré y ahora te liberaré!

–Gracias a tu buen corazón, y utilizando la razón, con mis amigos me reuniré y libre al fin seré –le agradeció Darío con una gran sonrisa.

Candela probó la cerradura. Por supuesto, se abrió con un simple clic e inmediatamente Darío se llenó de luz. A Candela ese momento le parecía fascinante. Le había pasado con los otros tres niños. Merecía la pena lo que estaba pasando. Al desaparecer Darío, oyó otro mensaje de la brisa:

«En esta prisión inmortal dos niños quedan atrapados. Solo de ti depende que sean liberados.

»Pero si no puedes más y la casa quieres abandonar, solo tienes que encontrar la puerta entreabierta y lo conseguirás.»

Candela guardó la llave. Era de azabache. Negra como la noche. Ahora Candela se encontraba en una encrucijada. No quería que su sueño se hiciera realidad, pero no podía dejar que esos niños se quedaran en la casa. Bien, tendría que elegir. Y era la elección más difícil que había tenido que hacer en su vida.

6. Un problema matemático

Candela se quedó mirando a la tercera puerta. Bien, Darío le había dicho al pasar que solo quedaban allí dos niños. Aquí había una puerta por abrir. La otra tenía que estar en el piso de abajo, al lado del salón con el que había soñado Candela. Había que tomar una decisión y rápido. Miró el grabado de la puerta, mientras pensaba qué hacer. Era una niña con un delantal encima de un vestido. Tenía una tiza y estaba escribiendo varios números en una pizarra. En el pomo, la letra *B*. No sabía qué hacer. Si liberaba a Belén, Begoña, Beatriz o comoquiera que se llamara la niña, se acercaría cada vez más a la siniestra mujer de su sueño. Pero dejarla allí... ¿Había algo más cruel que dejar allí a aquella niña sabiendo que era su única oportunidad? No, no podía permitirlo. Decidió que, al menos, intentaría sacar a esta. El otro niño o la otra niña, como aún no había visto el grabado, no le importaría tanto. Liberaría a esa niña y se iría a buscar la puerta entreabierta, que por cierto, tendría que estar en ese piso.

Entró despacio, como el resto de las veces. La puerta se cerró herméticamente. A Candela ya no le asustaba. Se había acostumbrado a esa especie de ritual. La habitación era bastante infantil. En la blanca cama había varios peluches dispuestos en fila. Encima de la cama, una estantería llena de muñecas antiguas. Todas llevaban vestidos de época. Estaban bien peinadas, arregladas... La niña pasaba tiempo jugando con sus muñecas, estaba claro. El armario tenía un gran espejo. En él había números pintados. Candela descubrió de pronto como la niña de esa habitación había pintado todas las paredes de números. Al menos hasta donde llegaba. Encima de la cómoda, una foto de una sonriente niña de unos siete años, a la que le faltaban los dos dientes de delante, llamó la atención de Candela. Era un retrato en blanco y negro, tomado muy de cerca. Vio que la niña tenía una marca de nacimiento en forma de cruz encima del ojo derecho. De pronto, la misma niña de la foto dijo a su espalda:

–5-20 / 22-14 / 20-9-7-14-16 / 4-5 / 13-22-12-21-9-17-12-9-3-1-19. / 13-9 17-1-4-19-5 / 5-19-1 / 13-1-21-5-13-1-21-9-3-16.

Candela estaba simplemente alucinada. ¿Hablaba con números? Esta vez estaba segura de que jamás abandonaría esa habitación. ¡En qué hora había decidido sacar a la niña! Apuntó los números que acababa de decir y la observó con calma. Era una criatura realmente preciosa. Tenía unos grandes ojos castaños que la observaban llenos de curiosidad. La cara estaba llena de pecas, y, al sonreír se le veía el enorme hueco que le habían dejado los dientes al caer. Unos hoyuelos se le formaban en las mejillas, dándole un aire de traviesa que a Candela le provocó una sonrisa, pese a lo desalentador de la situación. La niña llevaba un vestido de cuadros verde y blanco. Por encima, un delantal de esos que se ponían las niñas antiguamente para no mancharse los vestidos con la tiza del encerado. El pelo, castaño con reflejos dorados, le caía por los hombros y parecía indomable. En un intento de peinarlo, llevaba una cinta de la misma tela que el vestido. En su cuello descansaba una cadenita de oro con varios números.

–¿Cómo te llamas? –intentó entablar conversación Candela.

–13-5 / 12-12-1-13-16 / 2-12-1-14-3-1 –contestó la pequeña.

Candela soltó un suspiro. No sabía por dónde empezar. Entonces se fijó en la foto. En la parte de abajo tenía puestos unos números: 2-12-1-14-3-1. ¿Qué significarían? Después se quedó mirándola a ella. Se fijó bien en los números de la cadenita que llevaba al cuello. Podría ser su nombre. Nati tenía una cadenita parecida con su nombre. Se acercó a mirarlos. Los mismos números: 2-12-1-14-3-1. ¿Cómo los descifraría? Se puso manos a la obra con el bolígrafo y el cuaderno. Ya varias veces estando en esa casa se había alegrado de haber entrado directamente desde la escuela, porque si no, no se le habría ocurrido coger papel y boli.

A lo mejor simplemente cada número pertenecía a una letra. Solo había que descubrir cuál pertenecía a cuál.

–Yo me llamo Candela.

-¿3-1-14-4-5-12-1? / ¡18-22-5 / 14-16-13-2-19-5 / 13-1-20 / 19-1-19-16!

Bueno, parece que los primeros números que había dicho esta vez significaban Candela, por el tono en que los pronunció. Los apuntó lentamente. «Bien, asumiendo por el pomo de la puerta que su nombre empieza por *B*, y viendo que tanto en la foto como en la cadenita el primer número es un dos, pondré que el 2=B. Y si ha repetido mi nombre, el primer número que ha dicho ha sido el 3. Así que 3=C. ¡Ya lo entiendo! ¡Están en el orden del alfabeto!»

–¡13-22-26 / b-9-4-14 / C-1-14-4-5-12-1! –exclamó entusiasmada la niña.

–¿Cómo has dicho? Así que, como ya he descifrado la b y la c, tú también las has dicho. A ver, voy a hacer una prueba –le pidió Candela–. A=1, B=2, C=3, D=4, E=5...

–B-22-5-14-16, / 4-5-b-16 / 1-4-23-5-19-21-9-19-21-5 / 4-5 / 18-22-5 / 14-16 / 4-5-20-b-12-16-19-22-5-1-19-1-20 / 21-16-4-1-20 / 12-1-20 / 12-5-21-19-1-20, / 20-16-12-16 / 1-12-7-22-14-1-20. / 21-9-5-14-5 / 21-19-22-3-16.

Candela había ido copiando todos los números según los decía la niña cuyo nombre empezaba por *B*. Poco a poco fue trasladando las letras al lugar que correspondían en el alfabeto y consiguió leer la frase que la niña acababa de decir:

«Bueno, debo advertirte de que no desbloquearás todas las letras, solo algunas. Tiene truco.»

Candela pensó que daba igual, que aunque la niña solo pudiera decir algunas letras, al menos ahora, al saber lo que significaban, se podrían entender. Mientras no se le acabara la tinta del boli...

–Ya hay dos letras. Veamos, voy a averiguar cómo te llamas. Primero la *B*; la segunda es el doce, que corresponde a la *L*; la tercera y la sexta, el 1, que debe ser la *A*; la cuarta es la *N*; y la quinta ya la tenemos, que es la *C* –fue diciendo Candela mientras colocaba las letras en su lugar correspondiente–. Te llamas Blanca, ¿no es así?

La niña asintió. Estaba radiante. Le encantaba que la llamaran por su nombre.

–Primero intentaré traducir todo lo que me has dicho hasta ahora. Veamos, cuando entré y te vi la marca encima del ojo me dijiste: «5-20 / 22-14 / 20-9-7-14-16 / 4-5 / 13-22-12-21-9-17-12-9-3-1-19. / 13-9 / 17-1-4-19-5 / 5-19-1 / 13-1-21-5-13-1-21-9-3-16.» Que significa: «Es un signo de multiplicar. Mi padre era matemático.» Después te pregunté tu nombre y tú me contestaste: «13-5 / 12-12-1-13-16 / 2-12-1-14-3-1», que significa: «Me llamo Blanca.» Bueno, eso lo había descifrado ya. Y al decirte yo que me llamo Candela, me contestaste: «¿3-1-14-4-5-12-1? / ¡18-22-5 / 14-16-13-2-19-5 / 13-1-20 / 19-1-19-16!» Es decir: «¿Candela? ¡Qué nombre más raro! Bueno, no es tan raro. A lo mejor en tu época lo era.»

La niña se encogió un poco de hombros y le dedicó a Candela una sonrisa.

–Me gustaría saber cuál es el acertijo que tienes para mí, pero creo que primero voy a intentar conseguir que digas algunas letras más –le explicó Candela.

–1-4-5-12-1-14-21-5 –propuso la niña.

–«Adelante.» Genial. Mira –prosiguió Candela–, has de saber que ya estuve con Santiago, Rosalía, Ángela y Darío. Ya me contaron que esto era una especie de orfanato y que la mujer que os cuidaba se volvió huraña cuando su propio hijo, Matías, se marchó de aquí.

–S-9 –contestó Blanca–. A-12/17-r-9-14-c-9-17-9-16/ 5-r-a m-22-26 / b-22-5-14-a. / C-22-a-14-d-16 / M-a- 21-9-a-s / s-5 / m-a-r-c-8-16, / 14-16-s / 5-14-c-5-r-r-16 / a / 21-16-d-16-s. / 7-22-5 / 8-16-r-r-9-b-12-5.

–A ver, que no sé exactamente qué has dicho –dijo Candela un poco agobiada.

Se puso de nuevo a trasladar las letras a su lugar. Ahora tenía unas cuantas letras más desbloqueadas en el vocabulario de Blanca. ¿Qué había hecho que se desbloquearan? La niña había dicho:

«Sí. Al principio era muy buena. Cuando Matías se marchó, nos encerró a todos. Fue horrible.»

Había que encontrar la manera de desbloquear más letras. Se puso a repasar. Se habían desbloqueado la *C* de Candela y la *B* de Blanca. ¡Ah, claro! Y la *A* de Ángela, la *S* de Santiago, la *D* de Darío, la *R* de Rosalía y la *M* de Matías. Ahí estaba la clave. Solo se desbloqueaban las primeras letras de los nombres propios. Entonces, Candela empezó a decirle a Blanca los nombres de sus amigos, pero la niña negó con la cabeza.

–¿Tiene que ser de gente que vivía aquí? –preguntó Candela.

–A-s-9 / 5-s –contestó la niña.

–«Así es.» Jo, pero es que no conozco a ninguno más –protestó Candela.

Blanca se acercó al armario y sacó un álbum de fotos. En una de las páginas del centro, había una foto de grupo. Candela la reconoció rápidamente. Era la misma que había encima de la cómoda de Ángela. Entonces, Candela preguntó uno por uno los nombres de los ocho niños que no conocía de la foto. Aunque a Matías tampoco lo conocía, sabía quién era por Ángela. Blanca se los dijo por orden:

–23-9-c-21-16-r, / 16-12-9-23-9-a, / 12-a-22-r-a, / 21-16-b-9-a-s, / 17-5-d-r-16, / 26, / 5-12-16-9-s-a. / 26 / 5-s-21-a / 5-s / 9-19-5-14-5.

Candela volvió al papel. «Víctor, Olivia, Laura, Tobías, Pedro y Eloisa. Y esta es Irene.»

–Así que la madre de Matías se llama Irene. Bien. Ya tenemos unas cuantas letras más, Blanca –le dijo Candela muy contenta–. A ver si ya puedo entender el acertijo.

–¿18-22-i-e-r-e-s / 18-22-e / t-e / l-o / d-i-7-a / 26-a? –preguntó Blanca muy contenta.

–¿Que si quiero que me lo digas ya? Pues claro. Vamos a ver si hay suerte.

–B-i-e-14, / a–l–l–á / v–a –contestó Blanca, decidida:

Ramó(14) perte(14)ece a 22-14 cl(22)b de caballeros. S(22)s ami(7)os, Esteba(14) (26) Carlos (18), (22)iere(14) e(14)trar e(14) ese cl(22)b. (22)(14)a (14) oc(8)e, Ramó(14) se diri(7)e al cl(22)b y Esteba(14) (26) Carlos decide(14) se(7)(22)irle. E(14) la e(14)trada (8)a(26) (22)(14) (8)ombre 18-22-e le dice: 18 (26) Ramó(14) co(14)testa: **9.**

Detrás de él (23)ie(14)e otro (8)ombre (26) el de la p(22)erta le dice: **8.** El (8)ombre contesta: **4.** "La co(14)trase(15)a es la mitad", dice Carlos. (26) decide entrar. El de la p(22)erta le dice: **6,** (26) Carlos contesta: **3.** El portero lo ec(8)a. Esteba(14) lo i(14)te(14)ta. El de la p(22)erta dice: **10,** (26) Esteba(14) co(14)testa: **5.** El portero lo ec(8)a. ¿Por (17)(22)é?

–Bueno –dice Candela–. Lo primero es poner todo con letras, porque vaya lío. A ver:

«Ramón pertenece a un club de caballeros. Sus amigos, Esteban y Carlos, quieren entrar en ese club. Una noche, Ramón se dirige al club y Esteban y Carlos deciden seguirle. En la entrada hay un hombre que le dice: 18. Ramón contesta: 9. Detrás de él viene otro hombre y el de la puerta le dice: 8. El hombre contesta: 4. "La contraseña es la mitad", dice Carlos. Y decide entrar. El de la puerta dice: 6, y Carlos contesta: 3. El portero lo echa. Esteban lo intenta. El de la puerta dice: 10, y Esteban contesta: 5. El portero lo echa. ¿Por qué?»

Una vez «traducido» el acertijo, Candela estaba igual que al principio. No lo entendía. Si era muy sencillo. Tenía que ser por narices la mitad del número que decían, no podía ser otra cosa. Pero evidentemente lo era, de lo contrario el portero los habría dejado entrar. ¡Otra vez a devanarse los sesos! Desde luego aquí estaba aprendiendo tanto como en un año de escuela. Bueno, no estaba mal, ya que era bastante probable que no volviera a la escuela jamás. Miró a Blanca en busca de la solución, pero por supuesto no consiguió que le dijese nada. Mientras la miraba, descubrió que el colgante que llevaba también había cambiado. Ahora tenía B L A 14 C A. Miró a la foto de la cómoda. También allí habían ido cambiando los números por sus correspondientes letras. Pensó si podía tener algo que ver con la solución del acertijo. Pero no le pareció que fuese así.

Tras un par de horas haciendo combinaciones en el papel, se quedó mirándolo bastante desanimada.

–Blanca –dijo–. Tiene seis letras, pero en tu caso tiene cinco letras y un número. Candela tiene siete, pero en mi caso tiene seis y un número. En esta habitación no todo es lo que parece.

Entonces, pensó en la cantidad de letras que eran números y en la cantidad de números que eran letras. Al menos allí. También pensó, porque ya no sabía como dar vueltas al acertijo, cuántas letras tenían los números.

–A ver, ¿cuántas letras tiene el tres? Pues cuatro. ¿Cuántas letras tiene el cinco? Pues cinco. ¡Mira! Una coincidencia. Qué gracia.

Pero Blanca no parecía divertirse. La miraba fijamente, casi sin pestañear. Entonces Candela, siguiendo un impulso, dijo:

–¿Será esa la solución? Veamos, ¿cuántas letras tiene el dieciocho? ¡Nueve! Y... ¿Cuántas letras tiene el ocho? ¡Cuatro! –exclamaba Candela, poniéndose cada vez más nerviosa–. ¡Lo conseguí! El portero no los deja pasar porque la solución es la cantidad de letras que tienen los números que dice él, no la mitad de esos números.

−¡7-e-14-i-a-l! / L-o / l-o-7-r-a-s-t-e, / C-a-14-d-e-l-a.

«¡Genial! Lo lograste, Candela.» Entonces Candela buscó la llave, como siempre por todas partes. Y esta vez estaba bien fácil. En la puerta del armario.

«No puede ser tan sencillo», pensó extrañada. «Lo comprobaré.»

Y efectivamente esa era la llave que buscaba. Se trataba de una llave dorada. Pesaba bastante. Muy bien podría ser de oro macizo. El extremo era un ocho tumbado. Bueno, o un signo de infinito, claro. La metió en la cerradura. Con el familiar clic, se abrió la puerta. Mientras, del cuerpo de Blanca comenzaron a salir estrellas de luz. Ella comenzó a difuminarse, pero de su cuerpo salían tantas estrellas que parecían fuegos artificiales. Candela comprobó que aquellas estrellas eran números que chocaban contra las paredes y se convertían en las letras que tanto tiempo llevaban desaparecidas. Candela estaba fascinada. Jamás había contemplado un espectáculo tan hermoso. Al desaparecer, la preciosa niña a la que le faltaban dos dientes, le susurró.

«Solo te queda Tobías. No lo dejes aquí.»

Candela notó como si el corazón le pesara de golpe varios kilos. No podía decepcionar a aquel pequeño. Nunca se lo perdonaría. Y, tomada la decisión, se dispuso a bajar la escalera para buscar la puerta de Tobías. De repente, tuvo la certeza de que jamás saldría de allí. El miedo se apoderó de ella. No quería enfrentarse a Irene, pero era su destino. Lo había sido desde que viera la puerta entreabierta del primer piso. Y Candela sabía que del destino no se podía escapar.

7. ¿Eres buena espía, Candela?

Candela bajó los escalones con toda la lentitud de la que fue capaz. Tenía tanto miedo que a punto estuvo de subir las escaleras varias veces, pero pensar en Tobías le hacía sentirse tan culpable que seguía bajando.

Pensó en la foto mientras bajaba. ¿Cuál de los niños que había visto sería Tobías? Bueno, daba igual. Ella había decidido sacarlo de allí y punto. La escalera llevaba al vestíbulo de la entrada. Allí las telarañas eran tan grandes que muy bien podían hacer de cortinas. A la derecha, una puerta llevaba a la espaciosa cocina. A la izquierda, una puerta doble acristalada conducía al salón. Detrás de la escalera había una puerta similar a las que ya había encontrado antes. Por supuesto tenía un magnífico grabado de madera. Candela lo observó con atención. El pomo era una *T*, claro. Esta vez, al menos sabia cuál era el nombre del niño que estaba dentro. El grabado describía a un niño vestido con una especie de gabardina y una lupa en la mano. ¿Por qué estaría así? ¿Le gustaría disfrazarse? A punto estaba de comprobarlo.

Entró en la habitación, que resultó ser una estancia muy sencilla. A un lado había una cama de pino con una preciosa colcha hecha de retales de tela unidos. Un armario a los pies, también de pino, una cómoda y una mesita de noche completaban el mobiliario. En las paredes había varios cuadros, la mayoría, de paisajes marítimos. Un niño de unos ocho años la miraba desde una esquina de la habitación. No se movió de allí, ni siquiera cuando Candela se acercó a saludarlo. Tenía puesta una gabardina anudada a la cintura y un sombrero, como si fuera un detective de película. En una mano, la lupa que aparecía en el grabado de la puerta. En la otra, un periódico. Al mirarlo con atención, Candela vio que Tobías le había practicado dos agujeritos. Serían para observar todo sin ser visto. ¡Ese niño jugaba a ser un detective o un espía o algo por el estilo! Candela aguantó una risita, pero al niño no pareció hacerle mucha gracia. Sus ojos azules estaban clavados en su invitada y la mirada era de absoluta desconfianza. Los labios estaban como pegados y apretados, y llevaba pintado un fino bigote. A Candela ese detalle le hizo todavía más gracia, lo que pareció enfadar un poco más a su pequeño nuevo amigo. La niña, entonces, decidió ponerse seria (aunque tuvo que emplear todas sus fuerzas para ello) y se dispuso a conocer a aquel pequeño «misterioso».

–Hola, Tobías, me llamo Candela –dijo ella en un intento de acercarse al niño.

Pero él no contestó. Se dedicó a mirarla fijamente, estudiándose cada detalle de la niña.

–¿No sabes hablar mi idioma, Tobías? –preguntó ella con un poco de agobio.

Se preguntaba de qué manera hablaría ese niño. A estas alturas ya poco podía sorprender a Candela.

–Lsa ohb eablapc rerfectamentpd, eerae oúnf nsg osh emi igj eustask.

Candela se quedó con la boca totalmente abierta. Esta vez sí que sería insuperable. Imposible de descifrar. Encima de la mesita de noche de Tobías había unos libros y, a un lado, unos papeles en blanco. Candela decidió ponerse a escribir lo que había dicho Tobías para intentar resolverlo. Pero no tenia ni idea de por dónde empezar.

–¿Te puedo coger un papel? –preguntó al niño mientras se acercaba a la mesilla a por una hoja y sacaba el bolígrafo de su mochila.

De pronto el niño salió disparado hacia ella y le arrebató de las manos la hoja de papel que había cogido Candela.

–Bueno, hombre, tienes muchas, tampoco hay que ponerse así –le recriminó.

–Estaha sojanb ssc opd eudeue nsayf. Reg as-táuh nsadasi.

–Uf, madre mía. Ni en cinco siglos lo conseguiré –dijo Candela–. Lo siento, Tobías, pero creo que nos vamos a quedar aquí los dos.

Mientras recorría la habitación con la mirada, una cosa llamó su atención. En la mesilla, al lado de los papeles que Tobías no le había dejado coger, había un tintero. Pero cuando Candela se había acercado, no recordaba haber visto tinta en él. Entonces volvió a acercarse y comprobó que, dentro del tintero, había un líquido transparente. Allí se percibía un olor ácido que le resultaba familiar, pero que no terminaba de adivinar. En la papelera, junto a la mesilla, había un limón exprimido. ¡Ah! De ahí venía el olor. ¿Para qué querría Tobías un limón? El papel en blanco, el tintero lleno de un líquido transparente y las mitades de un limón exprimidas en la papelera. Candela tuvo una idea.

–¿Me puedes prestar una de esas hojas, Tobías? No la estropearé, de verdad –le pidió educadamente Candela.

Tobías se lo pensó un poco. Se le veía en la cara que no estaba seguro de qué hacer. Parecía que esas simples hojas en blanco eran muy valiosas para él. Ahora Candela ya estaba segura. Esas hojas solo estaban aparentemente en blanco.

Tobías alargó el brazo y, aunque la duda se reflejaba en su rostro, le prestó las hojas a Candela.

La niña se acercó a uno de los apliques de la pared, donde había una lámpara de aceite, que daba una luz bastante intensa. Candela pensó que era muy curioso: en todas las habitaciones había lámparas de aceite, pero ella había comprobado al entrar que la casa tenía instalación eléctrica. Acercó la hoja todo lo que pudo, intentando que no se quemara. A los pocos segundos, y como por arte de magia, comenzaron a aparecer letras. ¡Vaya! Era fantástico. Cuando el folio estaba totalmente revelado, Candela se puso a leer.

«CÓDIGOS DE ESCRITURA PARA PEQUEÑOS ESPÍAS»

–Bueno, esto sí que es interesante. Espero que en estas hojas ponga cómo puedo comprender tu forma de hablar, porque si no...

En la primera hoja, nada. Reveló la segunda. Tampoco. Así fue una a una poniendo las hojas al lado de la lámpara. Y, por fin, dio con la solución.

– Ah, genial, aquí lo pone –le explicó Candela–. ¡Uf, Tobías! Has ido a escoger el más difícil. A ver, bueno, no es para tanto. Hay que eliminar la última letra de todas las palabras y después cambiar la última letra de cada palabra con la primera de la palabra siguiente.

–¡**Muba yiecb, Nandelec! Aremd sure yápidaf** –contestó entusiasmado el niño.

Entonces Candela, que había copiado en su cuaderno cada frase que había dicho Tobías, se dispuso a traducirlas.

–Primero me has dicho: «**Lsa ohb eablapc rerfectamentpd, eerae oúnf nsg osh emi igj eustask**» –susurró Candela, hablando casi para sí misma–. Eso significa: «Lo sé hablar perfectamente, pero aún no sé si me gustas.» Pues sí que eres sincero –le dijo Candela al niño, que ahora sonreía divertido.

–En segundo lugar me has dicho: «**Estaha sojanb ssc opd eudeue nsayf. Reg astáuh nsadasi.**» Significa: «Estas hojas no se pueden usar, ya están usadas.»

Oye, pues sí que es bueno este código. Parece mucho más difícil de lo que es en realidad –reía Candela con ganas.

–Y por último me has dicho: «**¡Muba yiecb, Nandelec! Aremd sure yápidaf**», que quiere decir: «¡Muy bien, Candela! Eres muy rápida.»

Candela miró a Tobías satisfecha y le preguntó:

–Bueno, ¿y ahora ya sabes si te gusto o no?

–Sí, ahora sí.

–Pues menos mal porque necesito que me digas el acertijo y, la verdad, con tanto código, habría sido mucho más difícil.

–Yo tengo que decirte el acertijo, pero no sé lo que pasará cuando lo aciertes –repuso Tobías un poco a la defensiva.

–Que serás libre por fin –le explicó Candela–. Como lo son también Santiago, Ángela, Rosalía...

–¿Ya no están en la casa? –preguntó Tobías con los ojos como platos.

–No, solo esperan que seas libre tú. Eres el único que falta.

–Vale. Pues entonces no perdamos tiempo. Tienes que estar atenta:

«El señor Ramírez tiene una fábrica de chocolate. En ella trabajan varias personas y un vigilante nocturno. Un día, el señor Ramírez tiene que ir a otra

ciudad a hacer unos negocios. El vigilante nocturno le hace llegar una nota urgentemente. "Por favor, señor, no coja el tren hoy. Anoche soñé que descarrilaba y que no quedaba ni un superviviente." El señor Ramírez, que era bastante supersticioso, anula su viaje para ese día y lo deja para otra semana. A la mañana siguiente lee en los periódicos que el tren en el que tenía que haber ido ha descarrilado y han muerto todos los viajeros. Entonces se dirige al domicilio del vigilante. Le da las gracias por salvarle la vida y le proporciona una pequeña recompensa. Pero antes de marcharse, le dice: "Por cierto, está usted despedido." ¿Por qué despide al hombre que acaba de salvarle la vida?»

Candela, como siempre, se queda con cara de no entender ni jota. ¡Menudo desagradecido el señor Ramírez! Le acaba de salvar la vida y lo despide.

–Pues será porque le da miedo que haga premoniciones el vigilante, ¿no?

Tobías negó con la cabeza y se sentó en el borde de la cama.

–Pues... entonces... será que piensa que si ya lo ha salvado una vez, ahora lo va a chantajear o algo así.

Pero Tobías seguía negando con la cabeza. Así que Candela se puso a pensar. Pensó durante un rato que le pareció eterno. Le iba dando sueño, como en otras ocasiones. Y, por dos veces, se despertó sobresaltada al notar que se dormía. No se podía dormir. Tenía que sacar a Tobías de allí. No estaba bien dormirse.

–¿Qué acabo de decir? –preguntó en voz alta–. ¡Claro! No está bien dormirse. El señor Ramírez despide al vigilante nocturno porque le había dicho: «Anoche soñé que el tren en el que viajaba descarrilaba...» Pero si era un vigilante nocturno no debía estar durmiendo por la noche, sino vigilando la fábrica.

Tobías comenzó a dar saltos de alegría. Lo había resuelto. Por fin iba a salir de allí.

–Ahora la llave, Candela.

En aquella habitación tan sencilla, debía de ser fácil encontrar una llave, pero qué va. Tardó más de dos horas en rendirse. Entonces recordó las hojas de papel con el zumo de limón y las cogió. En ellas se leían varias maneras de esconder objetos pequeños para un buen espía. Y comenzó a repasarlas todas. Primero miró detrás de los cuadros. Luego miró si había falso fondo en los cajones de la cómoda. Después, comprobó que las patas de la cama no estuvieran huecas. Y, por último, había una hoja que no se revelaba del todo. Miró en la mesilla. Aparte del zumo de limón en el tintero y de unas plumas, solo había una vela y un trozo de cera a su lado. Un trozo de cera que muy bien podía ser un lápiz para «espías». Lo malo era que para revelar lo que ponía hacía falta polvo de tiza, y por allí no se veía ninguna tiza.

–No hay polvo de tiza, pero encima de este armario seguro que hay un montón de polvo normal. Lo intentaré así –comentó Candela.

Se subió a una butaca y pasó la mano por encima del armario. Al bajar, soltó un gritito. Además de bastante suciedad, en su mano había una araña enorme. Se sacudió la mano y la araña cayó al suelo y enseguida desapareció por una rendija. Candela pasó la mano por la hoja en blanco y ¡allí estaba! Era un dibujo de la habitación de Tobías. En el centro había una cruz. Entonces Candela se acercó al punto que marcaba la hoja y comprobó, alucinada, como una de las tablas de madera del suelo estaba un poco suelta. Utilizó su bolígrafo para levantarla y... ¡allí estaba la llave! Era de plata, con varios zafiros incrustados.

Candela se acercó a la puerta, que como de costumbre se abrió con un simple clic. Al instante, Tobías se llenó de luz y comenzó su liberación. Esta vez parecía que la luz giraba a su alrededor, como si estuviera convirtiéndose en una especie de remolino luminoso. Era precioso. Al desaparecer, la suave brisa advirtió a Candela:

«Cuidado con sus mentiras, Candela; no querrá dejarte ir.»

Un escalofrío recorrió la columna vertebral de Candela. Ahora se enfrentaba a su destino. Ya no había vuelta atrás.

8. Irene

Candela salió de la habitación totalmente aterrorizada. Las puertas del salón estaban abiertas y una suave luz que parpadeaba proyectaba las sombras en las paredes. Alguien había encendido la chimenea y, teniendo en cuenta que en la casa solo estaban Irene y ella... Las piernas le temblaban y sus huesudas rodillas se entrechocaban. Miró hacia la escalera y, siguiendo un impulso, se precipitó hacia arriba. Pero sus piernas no avanzaban. Según subían las escaleras, siempre le quedaban los mismos escalones por subir. ¿Cómo era posible? Miró hacia abajo y comprobó que, aunque ella estaba subiendo, las piernas no se le habían movido, ni un solo instante, de los dos primeros escalones.

Un ruido procedente del salón hizo que se volviera. Se dirigió hacia allá con la certeza de que no tenía otra opción. Irene estaba sentada en la mecedora de su sueño. Se balanceaba sin ganas mientras hojeaba un libro. Candela la miró con miedo. Ella dejó el libro a un lado y estudió a la niña con calma.

–Así que tú eres Candela. Vaya, no te imaginaba así. Eres bastante alta para tu edad y has demostrado ser muy astuta.

–Tú... eres Irene, claro.

–Sí –contestó Irene intentando ser amable, pero su mirada era bastante fría.

–Los niños me han hablado de ti –comenzó Candela.

–Ya, los niños. Pero esos niños no eran mis hijos, no sé qué te habrán contado.

–Me hablaron de ti, de tu hijo Matías, de cómo te volviste huraña cuando él se marchó.

–¡¿Huraña?! ¡Menudos desagradecidos! –gritó enfadada Irene–. Yo les dediqué mi vida. Por eso Matías se fue. ¿Y así me lo pagan? ¿Llamándome huraña y queriendo a toda costa marcharse de aquí?

–Lo siento –dijo entonces Candela, que no quería que Irene se enfadara bajo ningún concepto–. No dijeron que te habías vuelto huraña. En realidad decían que estabas tan triste por lo de Matías, que habías cambiado.

Irene se quedó mirando hacia el infinito. De pronto parecía una mujer mayor, con la tristeza firmemente agarrada a su rostro.

–Yo... quiero salir de aquí también –dijo Candela–. Mi madre estará muy preocupada...

–Eso no te ha importado para entrar en la casa –replicó rápidamente Irene–. Yo oí cómo tu madre te prohibía expresamente entrar y tú desobedeciste. Ahora carga con las consecuencias.

Dos grandes lágrimas le caían por el rostro a Candela. Tenía razón. Ella había desobedecido a su madre. Pero entonces pensó en los niños que acababa de sacar de aquella prisión en el tiempo y supo que había hecho lo que debía. Era su destino.

–Esta llave –prosiguió Irene, enseñándole una pequeña llave azul que llevaba colgada al cuello– es la que conduce a la puerta entreabierta del primer piso. Solo te la daré si consigues abrir esa caja.

Candela siguió con la mirada hacia donde señalaba Irene. Encima de una mesa de cristal, que no aparecía en su sueño, había una caja con incrustaciones doradas. Era un cubo. Tenía seis caras y en cada una había una pequeña cerradura y una letra dorada. Las letras eran las iniciales de los nombres de los seis niños que había sacado de aquella casa. Se acercó al cubo y lo cogió. La luz de la hoguera desapareció casi por completo e Irene cerró los ojos un poco, como si quisiera descansar.

Candela empezó por la *S*. Iba a seguir el mismo orden en que los liberó. Sacó de su bolsillo la llave de cristal y la metió en la cerradura. Inmediatamente, de la cara del cubo que contenía la *S* surgió una luz dorada que proyectó en el techo unas letras. Candela se apresuró a leerlas:

«**Is em sarbmon oczerapased. ¿Neiuq yos?**»

Ahora que sabía qué lengua utilizaba cada niño para comunicarse, era más sencillo. Santiago hablaba al revés. Así que en realidad ponía: «Si me nombras, desaparezco. ¿Quién soy?»

–Esta es fácil –contestó Candela con firmeza–. El silencio. Si lo nombras deja de haber silencio.

De inmediato, la cara del cubo que contenía la *S* se desprendió del mismo. Ahora solo quedaban cinco. Candela pasó a la siguiente. Tocaba la *R* de Rosalía, la niña que se comía la letra *A*. Cogió la llave de cobre que pertenecía a la habitación de Rosalía y la introdujo en la cerradura del cubo. Al igual que antes, surgió una luz dorada que proyectó otra adivinanza:

«En el mar yo no me mojo, en las brasas no me abraso, en el aire no me caigo y me tienes en tus brazos.»

–No puede ser el agua porque está mojada, tampoco el fuego, porque no podría tenerlo en los brazos –comenzó a divagar Candela–. A ver, una persona en el aire se cae. Jo, pues sí que es difícil. Bueno, parece que la adivinanza tiene más letras *O* que letras *A*. ¡Claro, qué tonta estoy! Mar, brasas, aire y brazos. La solución es la letra *A*. Es perfecta para la llave de Rosalía.

Inmediatamente la tapa del cubo con la letra *R* se desprendió del mismo. Ya solo quedaban cuatro.

Pasó a la tercera cara del cubo. Le tocaba el turno a Ángela, la niña que cruzaba las palabras. Metió la llave de mármol en la cerradura y giró. Por tercera vez vio proyectada en el techo una adivinanza. Intentó darse ánimos a sí misma. Iba casi por la mitad y pronto sería libre. Bueno, eso si Irene no cambiaba de opinión, claro. Tenía que ser cautelosa, los niños se lo habían advertido. Leyó la adivinanza:

«Noche de sin llegan invitadas ser, día de pierden se, no pero extraviadas están.»

–A ver –suspiró Candela–, lo primero que hay que hacer es ordenar las palabras. Según las descolocaba Ángela, será algo así:

«De noche llegan sin ser invitadas, de día se pierden, pero no están extraviadas.»

–Piensa, Candela, ¿qué hay por la noche que por el día no? Oscuridad, la luna... ¡Las estrellas! Genial. Estas adivinanzas son algo más fáciles –exclamó Candela entusiasmada mientras se soltaba la tapa que contenía la *A*–. Claro que, también ayuda saber la lengua en que se comunicaba el niño en su habitación. Que si no...

Buscó la *D* de Darío y se dispuso a abrir la cerradura. La llave de azabache encajaba perfectamente en ella. Al abrirse, la luz proyecto unas nuevas palabras.

«Las cuatro hermanas gemelas, dan mil vueltas paralelas.

»Giran, giran, siempre danzan, más jamás se alcanzan.»

En aquel momento recordó Candela cuando estuvo en el cuarto de Darío, hablando en poesía sin parar. Con lo mal que se le daban a ella las rimas. Si le dicen a su profe de lengua que iba a hablar en verso, le habría dado tal ataque de risa que habría acabado en el hospital. Candela sonreía pensando en ello. «¿Candela poeta? ¡JA!»

Entonces volvió a la realidad, si es que aquella aventura tenía algo de real, claro, y se dispuso a pensar hasta que le saliera humo. Había que resolver ese cuarto acertijo. ¿Qué cosas conocía ella que

pudieran ir paralelas, que fueran cuatro, que gira-
ran y que nunca se alcanzaran? Pues las ruedas de
los coches.

–La solución es las ruedas de un coche –contestó
Candela con firmeza.

Pero la cara del cubo que tenía la letra *D* no se
cayó. Al parecer no era esa la solución.

–Pues no sé qué puede ser –dijo en voz alta Candela–. No conozco más cosas que cumplan todo lo
que dice la adivinanza.

Entonces se puso a pensar en cosas que giran sin
parar. Se le ocurrían todo tipo de vehículos con ruedas, pero, o no tenían cuatro ruedas, o eran vehículos que no existían hacía cien años o los que fuera
que llevaba esa casa allí. Entonces le vino a la mente
un ventilador.

–Bueno, un ventilador tiene cuatro aspas. Pero
no creo que en aquella época hubiera ventiladores.
Aunque molinos sí que había. La solución es... ¿el
molino? –preguntó poco convencida Candela.

Y, nada más terminar de decirlo, la cara de la *D*
se desprendió. Candela suspiró. Ya llevaba cuatro.
Cada vez quedaba menos. Sacó la llave que parecía
de oro macizo y se dispuso a abrir la cerradura de la
cara que contenía la *B*, la de Blanca, la niña sin los
dos dientes de delante. Esta vez la luz que salía del

cubo no proyectaba letras en el techo, sino números. Candela, boli y papel en mano, se dispuso a descifrar ese nuevo acertijo:

«¿!8-22-5 / 20-5-19-1 / 18-22-5 / 3-22-1-14-21-16 / 13-1-20 / 7-19-1-14-4-5 / 5-20 / 13-5-14-16-20 / 20-5 / 23-5?»

Rápidamente Candela puso cada letra en su lugar. Ya casi se sabía de memoria el número que le correspondía a cada una.

En fin –concluyó–. Aquí pone: «¿Qué será que cuanto más grande es menos se ve?»

–Eso es imposible. No hay nada en el mundo que cuanto más grande sea, más imposible sea verlo. A no ser que cada vez haya menos luz, claro. ¡Ah! Es la oscuridad. Cuanto más grande es, menos se ve –contestó alegremente Candela.

Entonces miró fijamente al cubo y, efectivamente, cayó la penúltima cara. Solo quedaba la de Tobías. Qué cerca estaba de ser libre ella también y, sin embargo, sabía que, hiciera lo que hiciera, Irene no lo permitiría.

Sacó la última llave, la de plata con incrustaciones en zafiros. Parecían pequeñas estrellas en el cielo. Pensó en cuándo volvería a ver ella el cielo. Pero se obligó a seguir adelante. Ya quedaba muy poco. Introdujo la llave en la cerradura y se preparó para descifrar el último acertijo del cubo. En el techo se proyectó una frase bien difícil de leer, pero Candela, que sabía perfectamente cómo descifrarla, simplemente sonrió.

«Doca sristaletb sransparentetc sienead nguye af nsg oofh nuentesi.»

–Primero eliminamos la última letra de todas las palabras –comentó Candela mientras lo descifraba–. Después, intercambiamos la última letra de cada palabra con la primera de la siguiente. Así. Y... ¡ya está!

«Dos cristales transparentes tienen agua y no son fuentes.»

Comenzó a pensar muy entusiasmada, pensando que pronto acabaría. Pero, al mirar a Irene, vio que sus ojos estaban clavados en ella y una sonrisa maliciosa le adornaba el rostro. Sintió tanto miedo que no podía pensar. No era capaz de dar con la solución. De pronto, Candela se puso a llorar. De los ojos le brotaban lágrimas abundantes. Se obligó a enjugárselas, pero eran imparables. Entonces una idea cruzó por su mente: ojos llorosos, ojos vidriosos. Ventanas. Era la solución.

–La solución son los ojos –dijo muy orgullosa de sí misma–. Posiblemente no saldría nunca de allí, pero había demostrado ser muy lista.

Y la última cara del cubo cayó por fin. Entonces, Irene se levantó de su mecedora y se encaminó hacia ella. Candela notó cómo se encogía ante la presencia de aquella imponente y hermosa mujer.

–Muy bien, Candela, yo tengo la llave que lleva a la puerta entreabierta. Necesitarás llevarte eso –dijo señalando lo que había dentro del cubo, que parecía una estrella de seis puntas–, pero tendrás que resolver el último acertijo. El mío.

«Si soy joven, joven quedo. Si soy viejo, quedo viejo. Tengo boca y no te hablo, tengo ojos y no te veo.»

–El problema, mi querida niña, es que solo tienes una oportunidad de resolverlo. Si no lo sabes, te quedarás para siempre en esta casa.

Ahí estaba el truco. Candela jamás acertaría aquella adivinanza. Y no podía probar hasta que la acertara. Solo tenía una oportunidad. Estaba temblando de pies a cabeza. Mientras, Irene la miraba fijamente con la victoria reflejada en el rostro. Cuando Candela no pudo más, la tristeza inundó su corazón. Las piernas se le doblaron y sintió que había perdido. Entonces, una pequeña ráfaga de aire pasó rozándola, después otra. La brisa recorría su rostro desde varios puntos. Cada vez que el aire le rozaba los oídos, llegaba acompañado de sonidos. Pudo reconocer varios de ellos:

«Al atseupser se le otarter.»

«La respuesta es el retrato.»

«Respuesta la el es retrato.»

«El retrato responderás y de aquí saldrás.»

«12-1 / 19-5-20-17-22-5-20-21-1 / 5-20 / 5-12 / 19-5-21-19-1-21-16.»

«Lra aespuesteb aec srd letratoe.»

–La respuesta es el retrato –respondió Candela mientras daba las gracias mentalmente a sus seis nuevos amigos.

La cara de Irene se transformó en una mueca de odio. Miró a Candela con rabia y le dijo:

–Muy bien, te crees muy lista, ¿verdad? Pero no lo sabes todo. Lo de la adivinanza era una tontería. No pensaba dejarte salir.

–Pero... yo lo hice bien, ¡lo adiviné!

–No sé cómo lo habrás logrado, pero seguro que has hecho trampas. Así no saldrás.

Entonces, la pobre Candela no pudo más. Se dejó caer en la gruesa alfombra del salón y se puso a llorar. Una voz a su espalda hizo que las lágrimas cesaran de golpe.

–Hola, madre.

Irene se volvió hacia la voz. El odio se convirtió en sorpresa, luego en desconfianza y, finalmente, en alegría infinita.

—Matías, ¡has vuelto! ¿Por qué has tardado tanto tiempo?

—No podía volver. Lo siento. Llevo todos estos años buscando la manera de entrar otra vez en casa. Gracias a la puerta entreabierta, he conseguido colarme otra vez aquí.

—Estoy tan feliz, hijo... Te he echado tanto de menos...

Matías miró a Candela, le dedicó una sonrisa y, volviéndose a su madre, le dijo:

—Mamá, ¿por qué no la dejas marchar? Yo me quedaré en su lugar. Tú y yo no la necesitamos.

Irene dudó. Pero al mirar a su hijo, decidió que tenía razón. Ella lo único que quería era estar con él. Era cruel mantener a Candela en esa casa cuando ya estaba Matías allí. Lentamente se quitó la llave que llevaba al cuello y se la dio a Candela, diciendo:

—Busca tú también la puerta entreabierta.

Candela susurró un «gracias» y subió corriendo al primer piso. Allí estaban las tres puertas que ya antes había atravesado. Entró en la habitación de Ángela, pero allí no encontró nada. Entró en la de Blanca. Tampoco allí encontró nada. Entonces fue a la de Darío. No se acordaba de que tuviera tantos libros, la verdad. Tampoco allí parecía que hubiera nada. Volvió a salir, pero no tenía ni idea de dónde podía estar aquella puerta. Entonces, recordó algo que le hizo volver a la habitación de Darío. Una de las estanterías contenía libros de astronomía. En un lado del estante, Candela descubrió una especie de hueco. Retiró un par de libros y descubrió que el hueco tenía forma de estrella. Hizo encajar la estrella que había sacado del cubo y la estantería se abrió. Detrás había un cuarto pequeño con una puerta. Candela introdujo la pequeña llave azul en la cerradura y notó, antes de oír el clic, que la puerta cedía. Era la puerta que la separaba de su libertad. Salió a una galería donde varias puertas de cristal daban al jardín. Una de ellas, por supuesto, estaba entreabierta. Se abría hacia afuera. Cuando Candela intentó abrirla del todo, notó que estaba atascada. Entonces, la empujó con todas sus fuerzas y la puerta cedió. Candela cayó violentamente al jardín y quedó inconsciente. Lo último que vio fue al ángel de la fuente dedicándole una sonrisa.

9. Un sueño muy real

Candela despertó con un dolor de cabeza tremendo. No tenia ni idea de dónde estaba. Su mano derecha estaba agarrada a la mano de alguien. En su brazo izquierdo, unos tubos le introducían un líquido directamente a las venas. A un lado había una mesilla blanca con una botella de agua. En el lado contrario, una butaca y una puerta. Intentó incorporarse un poco para ver de quién era la mano que la agarraba, pero enseguida su madre volvió a tumbarla.

–No debes moverte, Candela, te has dado un golpe tremendo.

—Lo siento, mamá, te desobedecí.

—No deberías haber entrado en la casa, Candela, te podrías haber matado intentando subir por esa escalera podrida hacia el balcón del primer piso.

—Te equivocas, mamá —le intentó explicar Candela—. Entré por la puerta de atrás.

—No, hija, imposible. Todas las puertas están tapiadas y las ventanas también. Subiste por la escalera del jardín, se te rompió un peldaño y te caíste. Estuviste inconsciente varias horas.

Candela sabía que no era cierto. No había llegado a coger la escalera que había en la parte de atrás del jardín.

De todos modos, era maravilloso saber que había podido salir de allí. También lo era tener la certeza de que seis niños habían abandonado aquella prisión.

Durante todo el día siguiente, la madre de Candela estuvo diciéndole lo mismo. Tanto, que Candela se lo empezó a creer. Ya casi estaba convencida de que todo había sido un sueño. Se había caído en el jardín delantero de la casa cuando intentaba entrar y había soñado que salvaba a seis niños de las garras de una malvada madrastra. No estaba mal. Imaginación no le faltaba.

Tras varios días en casa, intentando recuperarse del golpe, volvió al colegio. A la salida, cuando iba hacia su casa y, después de dejar a sus amigos en las suyas, volvió a pasar por la puerta de la casa de la enredadera. Al mirar hacia ella, el corazón se le aceleró. Todas las ventanas estaban abiertas. También las puertas. De pronto, un ruido la sobresaltó. La gruesa capa de enredadera que cubría la valla de la entrada había sido podada. Yacía en el suelo como si fuera una alfombra. En el jardín, un chico cortaba el césped. El ruido era ensordecedor. ¡Dios mío! ¡Alguien había comprado la casa!

De pronto, una mujer muy guapa salió por la puerta principal. Candela se quedó petrificada.

–Hola, ¿cómo te llamas? Yo soy Irene –le dijo la mujer–. Y este es mi hijo Matías.

Candela miró al chico del cortacésped, reconociendo enseguida al que la había salvado de quedarse allí para siempre. ¿Lo habría soñado de verdad?

–Yo... me llamo... Candela –dijo ella tartamudeando–. No podía creer lo que estaba viendo.

–¿Candela, has dicho? ¡Vaya! ¿Eres tú la que se cayó el otro día en nuestro jardín?

–Yo... Lo siento. Es que no sabía que la casa estaba habitada.

–No pasa nada. Espero que ya estés recuperada. Hemos comprado esta casa hace unos días y la estamos arreglando.

—Es una casa preciosa –dijo Candela, aún alucinada.

—Espera un momento –le pidió Irene, que entró un momento en la casa y salió a los pocos segundos–. Creo que esto es tuyo.

—Gracias –musitó Candela mientras cogía su mochila–. Se quedó ahí tirada cuando te llevaron al hospital. Una señora me dijo que vivías aquí al lado y decidí guardártela. Dentro del bolsillo de fuera te he metido las llaves de tu casa, se te debieron caer. Son unas llaves un poco raras.

Candela le dio las gracias y se marchó. Así que todo había sido producto de su imaginación cuando se había caído. ¡Qué pena! Lo había pasado mal, pero había sido una aventura maravillosa. Cuando llegó a casa, abrió el bolsillo de la mochila para coger las llaves. Pero lo que sacó no eran las llaves de su casa, sino un llavero con una preciosa *C* que portaba seis llaves magníficas: cristal, cobre, mármol, azabache, oro y plata con zafiros.

—Así que un sueño, ¿eh? –le dijo Candela al viento.

Una sonrisa cubrió su rostro, mientras la brisa le susurraba: «Gracias, Candela, ahora por fin somos libres.»

Índice

1. Una voz en el viento — 7

2. ¡Atrévete, Candela! — 21

3. Me como una *A* — 39

4. Cruce de palabras — 53

5. Versos para Candela — 67

6. Un problema matemático — 81

7. ¿Eres buena espía, Candela? — 95

8. Irene — 107

9. Un sueño muy real — 121

Agradecimientos

Este libro no habría sido posible sin la ayuda de mi mejor corrector: mi hijo Jorge, quien, a sus ocho años, utilizaba todo su ingenio para descifrar los mismos acertijos que Candela. No hay mejor forma de leer este libro que a través de sus ojos.

A mis otros dos pequeños, Miguel y Daniel, porque al no dejarme pasar en el ordenador más de diez minutos seguidos, me obligaban a repasar lo escrito una y mil veces y a descubrir así infinidad de errores.

A mi padre, quien habría sido, sin duda alguna, el primero en leer este cuento.

A mi familia, mis compañeros y mis amigos, que siguen entusiasmados las aventuras de esta niña traviesa.

A Bambú, por darle a Candela esta extraordinaria oportunidad.

Y por último, pero no por ello menos importante, a José Manuel y a Josep, por apostar...

Reyes Martínez

Reyes Martínez nació en Madrid en mayo de 1972. Desde el año 2007 reside en Gijón (Asturias), compaginando su trabajo en un hospital, como técnica especialista en radiodiagnóstico, con su afición a la escritura.

En 2011 escribe su primera novela, *Candela y el misterio de la puerta entreabierta*, que Bambú recupera en esta nueva edición con ilustraciones de Mercè López. Le siguieron *Candela y el rey de papel* (2012), *Candela y el cocinero de sueños* (2013) y *Candela y el tren de las palabras clandestinas* (2014), todas ellas con gran aceptación entre el público infantil y juvenil. En junio de 2013 publica su primera novela de género negro, *El arcano número 13*, en la que se enfrenta a un nuevo reto al cambiar el público infantil por el adulto. Ha recibido dos menciones honoríficas en dos concursos literarios por sus relatos cortos «La fuga» y «¡No respire ni se mueva!».

Mercè López

Mercè López (Barcelona, 1979) pinta desde pequeña. Tras graduarse en la Escola Llotja de Barcelona, empieza a ilustrar para editoriales y agencias de publicidad. Es autora de los álbumes ilustrados *Qui es-tu?* y *L'enfant qui mangeait des margouillats*, publicados en Francia por la editorial Kaléidoscope y traducidos al coreano y al brasileño.

Su trabajo va dirigido tanto a niños como a adultos. Busca lo ambiguo en los universos de cada historia, la ternura dentro de lo inquietante, el humor en el dolor, lo masculino en lo femenino..., siempre con la pintura como base de sus obras.

Ha expuesto en Barcelona y París y ha participado en varios proyectos itinerantes, como *Outings*, en el marco de la asociación internacional Le laboratoire de la Création.

Bambú Jóvenes lectores

El hada Roberta
Carmen Gil Martínez

Dragón busca princesa
Purificación Menaya

El regalo del río
Jesús Ballaz

La camiseta de Óscar
César Fernández García

El viaje de Doble–P
Fernando Lalana

El regreso de Doble–P
Fernando Lalana

La gran aventura
Jordi Sierra i Fabra

Un megaterio en el cementerio
Fernando Lalana

S.O.S. Rata Rubinata
Estrella Ramón

Los gamopelúsidas
Aura Tazón

El pirata Mala Pata
Miriam Haas

Catalinasss
Marisa López Soria

*¡Ojo! ¡Vranek parece
totalmente inofensivo!*
Christine Nöstlinger

Sir Gadabout
Martyn Beardsley

Sir Gadabout, de mal en peor
Martyn Beardsley

Alas de mariposa
Pilar Alberdi

La cala del Muerto
Lauren St John

Secuestro en el Caribe
Lauren St John

Kentucky Thriller
Lauren St John

Encuentro en Rusia
Lauren St John

Arlindo Yip
Daniel Nesquens

Calcetines
Félix J. Velando

Las hermanas Coscorrón
El caso de la caca de perro abandonada
Anna Cabeza

Dos problemas y medio
Alfredo Gómez Cerdá

Las aventuras de Undine
La gran tormenta
Blanca Rodríguez

Las lágrimas de la matrioska
Marisol Ortiz de Zárate

También fueron jóvenes
Jordi Sierra i Fabra

*Martín en el mundo
de las cosas perdidas*
Susana López Rubio

*Candela y el misterio
de la puerta entreabierta*
Reyes Martínez

31901060390822